JN210473

作家探偵は〆切を守らない

ヒラめいちゃうからしょうがない！

小野上明夜

メゾン文庫

contents

作家探偵は〆切を守らない

ヒラめいちゃうからしょうがない！

第一話 作家探偵はヒラメキで~~活~~生きる 4

第二話 作家探偵は~~哀~~愛を信じてる 88

第三話 作家探偵、カン~~ズ~~ヅメされる 162

第一話　作家探偵はヒラメキで生きる

作家とは何か。真面目に追求するのであれば、それだけで何冊もの専門書になりそうな問いかけであるが、狭い意味では作品創作を生業《なりわい》としている者と定義できるだろう。

ただし日本全体が長い不況に喘《あえ》ぐこの時世、出版業界もなかなかに世知辛《せちがら》い。作家一本で食っていける者は少なく、多くは兼業作家と呼ばれ、他の職で稼ぐかたわら創作を行っている。

「いつかは専業になりたいけど、俺の部数じゃまだ難しいもんな。いろんなバイトで人生経験を積んで、お世話になってる担当さんと出版社に恩返しできるよう、がんばるぞ！」

ぎっしりと本が詰まったダンボールをえっちらおっちら運びながら、熱く誓う青年は白川照《しらかわてる》。ペンネーム「テルテル」で小説家として活動し始め六年目の彼もまた、そのような兼業作家の一人だ。大学生の時に書いた投稿作が拾い上げ、要するに賞には至らないが光るモノあり、と判断されて作家デビューした。以降は細々と本を出版するかたわら、足りない分は様々なバイトで食い繋《つな》いでいる。

地元に複数のチェーン店を出している「天晴堂書店《あっぱれどう》」本店でのバイトが、現在の照のメインバイトである。若い男ということで、イメージとは裏腹に本屋に付きものの力仕事を任されることも多いが、今日は比較的入荷が少ない。バックヤードの整理が終わってもある程度の余力を残し、もう一人のバイトである岡田美夢《おかだみむ》とレジを交代した。書店名が入った店員共通のエプロンの紐《ひも》を結び直し、気合いを入れる。

「いらっしゃいませー!!」

来店を告げるベルの音が響くたび、元気一杯の挨拶《あいさつ》。元気がよすぎてたまに引く客もいるが、ここでバイトを始めてもう二年だ。常連客は慣れており、大抵《たいてい》は生温い眼《め》で見守ってくれる。

「白川さん、声が大きいです」

まだバイトを始めて二ヶ月の岡田は、雑誌コーナーの整理をしながら顔をしかめるが、照は取り合わない。たとえ、キラキラした名前の割に地味めではあるが、割と可《か》愛《わい》い彼女のことを憎からず思っていてもだ。公私混同はよくない。

「そんなことないよ、岡田さん。挨拶は人間関係の基本だから！　しっかりはっきり、大きな声でご挨拶！　お困りの方がいらっしゃれば即座に対応！　バイトだからって手抜きしちゃいけないからね!!」

作家仲間もいることはいるが、大抵同性だ。職業柄、家に引きこもっているタイプも多いので直接の交流は少ない。若い女性、それも女子高生と話ができるなど滅多《めった》にないので、照の熱弁にも力が入る。

「前にも話したと思うけど、俺、本業は作家なんだ。愛と勇気と正義を語ってお金をもらっている以上、俺自身も愛と勇気と正義を体現する存在じゃないとな！」

照としては、好きな女の子の前で目一杯かっこいい決め台詞《ぜりふ》を言っているつもりなのだ。身長も筋肉も控《ひか》えめなので、本人が思うほど格好は付いていないが。

「……まだ、そんな妄想を信じてるんだ」

ぼそりと岡田がつぶやいた声は、すっとレジの前に立った客へ向けての馬鹿でかい「いらっしゃいませー!!」にかき消される、はずだった。

「会計をお願いします」

ところが照は、レジカウンター越しに向かい合った客の顔を見た途端《とたん》、びしっと音を立てて固まった。

「申し訳ありません、会計をお願いできますか」

相手はきちんとスーツに身を包んだサラリーマンだ。夢と現実を行き来する職業のせいか、若く見られがちな照と実年齢はそう変わらないか、少し上ぐらいだろう。インテリムードをさらに強調する黒縁眼鏡《くろぶちめがね》の向こうから、切れ長の一重《ひとえ》がじっと照を見つめる。全く申し訳なさそうではない声で、彼は繰り返した。

「重ねて申し訳ありませんが、会計を」

「は、ははは、はい！」

「あと、領収書もお願いします。宛名はこちらで」

流れるように取り出された名刺がキャッシュトレイの上に置かれる。知ってるよ！　と喉元まで出かかったが、いざ領収書の宛名書きをしようとした瞬間、正確な漢字と部署名が空で出て来なくて無言で奥歯を噛《か》み締めた。ワープロソフトとインターネットが俺を甘やかすから悪いんだ……！

「ど、どうぞ……」

無様な責任転嫁をしつつ、なんとかお買い上げの本も領収書もまとめて差し出すことに成功した。岡田は雑誌コーナーから平台へと移動しているが、黙々と作業に勤《いそ》しんでいるため、照がアタフタしている姿を見られている様子はない。

ほっと胸を撫《な》で下ろす様も含めて、目の前のサラリーマンはじっと照を見つめている。軽く咳払《せきばら》いされ、慌《あわ》てて正面に視線を戻すと、彼は照と眼を合わせた状態で購入した本と領収書を受け取った。

「本日も熱心に働いていらっしゃるようで、何よりです。あなたの理想は俺もすばらしいと思っていますよ。ありがとうございました」

軽く頭を下げると、彼はそのまま店を出て行った。

「ありがとう、ございました——……」

虚《うつ》ろな表情で照も応じたところへ、店長の渡邊《わたなべ》が近付いてきた。六十代も半ばの痩せた男性であり、毎日の品出しがしんどくて、が口癖だ。なお、彼の名字も照は空で書けない。

「さっきの人って確か、君の担当編集だよね、白川くん。フーテン出版の黒澤《くろさわ》さんだっけ？」

「風伝《ふうでん》出版ですね。その呼び方すると、めっちゃ怒られるんで気を付けてください。店長じゃなくて俺が……」

領収書の写しに視線を落として弱気に笑うと、我関せずといった調子で平台の陳列を直していた岡田がぎょっとした表情になって振り向いた。

「えっ、白川さん、妄想じゃなくて本当に作家なんですか⁉　しかも風伝出版って、そこそこ大きいところじゃないですか!!」

「岡田さんが初めてバイトに来てくれた日に言ったよね⁉『そうなんですか』ってうなずいてくれたよね⁉」

初対面の時から照は岡田が気になっていた。そのため彼女の配属初日、先輩バイトとして店内を案内する時、ついでを装って兼業作家であることを明かしていたのだ。

本屋でバイトしようとする人間は基本的に本が好きである。岡田もその例に漏《も》れず、バイトにも適用される社割を利用したくて応募したのだと本人の口から聞いていた。ならば当然、作家という職業に興味を持ってくれるだろうと思って職業を明かしたのだ。反応がイマイチなのは、ジャンルや作風に興味がないからかな、ぐらいに思っていたのに、まさか頭から妄想だと決めつけられていたとは。

「そうか、黒澤さん、しばらく来てなかったからね。岡田さんとは初遭遇か。あの人は本物の編集者だよ。営業の人を連れて来たこともあるし、間違いない」

渡邊に口添えされても、岡田はまだ疑わしそうな眼をしている。

「だって、白川さんの本、平台陳列したことないですし……」

「平台にあるのだけが本じゃないだろう⁉　棚差しされてるのだって、立派な本！」

平台とは、主に本屋のレジの前などに設置された、文字どおりの平たい台だ。目立つこの場所へ表紙を見せる形で陳列された本は、いわば花形商品。著名人に紹介された、メディアミックスが決まった、人気作家の新刊などの売れ筋である。

対する棚差しは、背表紙を見せる形で書棚に並べられた本だ。商品であることに変わりはないが、同じ本が山と積み上げられた平台陳列と比べると地味なのは間違いない。たまたま店に来た客が手に取る、ということは、なかなかないのが実情だ。

「だけど、白川くんの本は今、棚差し分もうちにないからなぁ」

そこへ渡邊の無慈悲な追撃が決まり、照は声もなく撃沈した。

「て、店長……それは言わない約束ですよ……」

「ごめんごめん、分かってるだろ？　出せば売れるんだよ、君の本。堅実に」

「そ、そうですよね……出せばそこそこ売れます、それは知ってます、だからシリーズを続けられるんで……ただ、そこからの広がりがないから、既刊の棚差し分も補充されなければ、平台陳列もされないだけで……」

自ら傷口を掘り下げる照を見かねたのか、渡邊は親切に言ってくれた。

「黒澤さんも、白川くんにハッパかけに来たんでしょ。いいの？　話さなくて。毎度ながら一冊売上げに貢献してもらったし、暇《ひま》な時間に入ったし、ちょっと抜けても」

「いえ、結構です！　今は仕事中ですし、それにあの調子じゃ黒澤さん、絶対バイト終わりに待ち伏せしてますから!!」

デビュー当時からの黒澤との付き合いは五年を超えている。彼の行動パターンなどお見通しだと、照は意味もなく胸を張った。


店の閉店後、レジの集計や返品本の梱包《こんぽう》作業などを終え、照が店の裏口から出て来た時にはすでに夜の九時を回っていた。

表口は商店街に面している。春の初めという季節柄、大学や会社の歓迎会が多く、飲み屋をハシゴする酔客《すいきゃく》でこの時間でも賑《にぎ》やかだが、裏口の周囲は静まり返っている。とはいえ、一本向こうに広い道路もあるので街灯は定間隔に設置されている。暗闇をスポットライトのように切り裂く灯りの下に、スマートフォン片手のサラリーマンが立っていた。

暗い色調のスーツ姿が街灯の光の中にポツンと立っている姿は、都市伝説めいた怖さがある。眼鏡の表面が光って感情が見えづらいのもそれっぽいが、元々彼は照と違って感情の起伏が少ない。エプロンを外し、当たり障りのないパーカーにジーンズ姿となった照へ、丁寧《ていねい》に頭を下げる際も無表情に近かった。

「お疲れ様です、テルテル先生」

「……どーも。黒澤さんも、お疲れ様です」

当たり前のように近付いてきた担当、黒澤育郎《いくろう》に挨拶を返す。引きつったその顔を見て、黒澤はうっすら笑った。

「最近コソコソ逃げなくなりましたね。褒《ほ》めてあげます。それでも十分ぐらいは、出てくるべきかどうか迷っていたようですが」

チラリと時計に眼をやった黒澤が、照をここで待つのは初めてではない。定時に上がって外に出てくるまでの所要時間は把握されている。

「どーせ俺の行動パターンなんか、そっちもお見通しだろ」

逃げても無駄と読んだため、正々堂々出て来たのだ。

「そうでもないですよ。猫と同じ道を使って逃げようとして、狭い路地に挟まって動けなくなった時はびっくりしました。早期に発見できてよかったです」

「こーんなぶっとい猫が、路地の形に四角くなりながら通ってたの！　俺も通れるって思っちゃうだろ⁉」

こーんな！　と、自分の肩より手を広げて力説した照に、黒澤は肩を竦《すく》める。

「あなたの体型なら、行けると判断した気持ちは分からなくもないですが……ま、あの経験のおかげで、非日常への案内役がとにかく太くて四角い猫という設定が生まれましたからね。オリジナリティに富んだ経験を積むのは、いいことだと思いますよ」

「だろ⁉ 前から作品の象徴になるような、可愛いマスコットキャラを出せって言ってたもんな！」

「あの猫を可愛いと思っているのは、テルテル先生と一部の読者さんだけだと思いますが……イラストレーターさんも先生の描写を丁寧に拾いすぎて、絶妙にブサイクで……まあ、いいでしょう。愛らしいカクニャンが大活躍するお話は、そろそろ仕上がるんでしょうねぇ？」

それまでの素っ気なさから一転、微妙にねっとりとした口調で言われ、照はハッとした。

「ていうか、何しに来たんだよ、黒澤さん。締め切りまで、あと二週間は大丈夫なはずだろ⁉」

「やれやれ。ハンパに作家生活が長いと、デッドラインの読み方だけはうまくなりますね。おっしゃるとおり、まだ本当にヤバい段階ではありません。だからこそ、手遅れになる前に軽く圧力をかけに来たんですが……」

無駄な能力の発達を皮肉っぽく褒めた黒澤の眼が、ふと裏口へと向いた。照もつられてそちらを見れば、いつの間に出て来たのか、そこには高校の制服に着替えた岡田が立っている。

「あれ、岡田さん、まだ帰ってなかったの？」

勉強が忙しいとかで、岡田はいつもバイトが終わればさっさと帰る。照に素っ気ない彼女であるが、そもそもバイト先自体に深入りするつもりがないようだ。本日は特に照がグズグズしていたので、とっくの昔に帰ったと思っていたのだが。

「あ、ええ、まあ」

言い淀《よど》む岡田の眼は、なぜかチラチラと黒澤を見ている。その瞳が隠しきれない情熱を秘め、キラキラと輝いていることに照はショックを受けた。もう二ヶ月も一緒に働いてるのに、俺をそんな風に見たことないよね⁉

同じような目付きで黒澤を見る女性たちが頭を過《よ》ぎる。過去にも照を訪ねてくる彼を見て、バイト仲間がきゃあきゃあと盛り上がり、どういう関係だとしつこく尋ねられたりした。そこまで露骨ではなくても、客が黒澤のピンと伸びた背筋へ熱っぽい視線を注ぐ様を目撃したのは一度や二度ではない。

あーハイハイ、分かってるよ、黒澤さんってば俺より背も高いし割とガタイもいいし顔も整ってるしな！　スーツに眼鏡が嫌いな女の子はいないって自分で言ってたし！　厳しいけど真面目で、たまの優しさにグッとくるとこはあるし!!

大方《おおかた》の事情を察し、内心舌打ちしたい気分の照であるが、なにせ兼業作家とはいえ、キャラクターとストーリーを通じて愛と勇気と正義を語ってメシを食っている身だ。年下の女の子が年上イケメンに憧れる、ピュアな気持ちを邪魔はできない。そう思ってぐっと唇を噛み締めたが、

「岡田さんと言いましたか。寒くて暗いですから、早く帰ったほうがいいですよ」

「黒澤さーん!?」

素っ気なさすぎる一刀両断には、突っ込まざるを得なかった。岡田も怯《ひる》んだ顔になる。

「そ……、そうですよね、それじゃ、失礼します」

小声でつぶやいた岡田は、逃げるようにその場を去った。急展開に止めることもできず、気付けば彼女の姿は角を曲がって見えなくなっていた。

「あああ、もぉー！　これだからモテ男は！」

頭を掻《か》きむしる照を眺めて、黒澤はしれっと言い放つ。

「褒められていませんね」

「褒めてねぇー!!」

「知ってます」

「俺も知ってるの知ってる！　そうじゃなくて、黒澤さんだって女子高生に好意を向けられる機会なんて滅多にないだろ⁉　あんたが担当してるの、男ばっかだし‼」

黒澤が所属するのは風伝出版エンタテインメント書籍部の真ん中《まなか》文庫編集部だ。真ん中文庫はいわゆるキャラ文芸を出版しており、照もそこでデビュー以来ずっと同じシリーズを書き続けている。

真ん中文庫自体のターゲット層は二十代から三十代の男女。執筆陣も大体同じ、むしろ若干《じゃっかん》女性のほうが多いと聞いている。だが黒澤が担当しているのは、照も含めて男性ばかりのはず。

「確かに、女子高生に好意を向けられる機会はありませんね。仕事上の付き合いもないし、メインの購買層でもないので、こっちから近付きはしませんし。メイン以外の好みに応じようとすると、軸がブレてだめになることが多いですから」

なんの関心もなさそうに黒澤は言ってのけた。

「ですけど、さっきの岡田さんとやらは、別に俺に気がある訳じゃないと思いますよ」

「そんなことないって！　俺は今、ピーンと来たんだから‼　岡田さんはな、奥ゆかしくて、自分から積極的に誰かに話しかけたりするタイプじゃないんだぞ。そんな彼女が」

「恋愛に関するあなたのセンサーは、九割方誤作動でしょう」

照の熱弁を、黒澤は途中で切り捨てた。

「……あと一割は？」

「そもそもない」

「そ、そんなことない！　岡田さんは絶対、黒澤さんに気があるって！　だから俺は涙を飲んで、二人の恋を応援……!!」

照が最後まで言い終わる前に、黒澤ははぁ、とわざとらしいため息をついた。

「またいつものお節介病ですか？　やめてくださいって何度も言ったでしょう。二次元と三次元を一緒にしない。時代劇めいた人情シナリオがあなたの持ち味ですが、現実の人間はもっと利己的で散文的なんです。テルテル先生が望むようなストーリーにはなりませんよ」

「そ、そんなこととしてねーし、第一俺のために手助けするんじゃねーし！　俺はただ、岡田さんと黒澤さんの幸福のために……」

モゴモゴと言い訳をする照を、黒澤はじっと見つめている。

「俺としてはですね、テルテル先生。女子高生との仲の応援より、もっと他にほしいものがあるんですよ」

分かりますよね？　と、猫撫で声で念押しされて、思わず眼を逸《そ》らしたが、黒澤の追及は終わらない。

「分かりますよね？」

「わ、分かりたくないけど、分かってます……」

「担当が締め切りを待ってくれている。その幸せを、作家志望者がどれだけ羨《うらや》んでいるか、テルテル先生もご存じですよね？　新人賞を突破して作家になるって、下手な大学に受かるよりも倍率が高いんですよ？　もっとも、あなたは灰島《はいじま》編集長による拾い上げですが」

「ご存じです……こんな俺に眼をかけてくれる黒澤さんは、担当の鑑《かがみ》ですぅ……」

横を向いたままボソボソとつぶやくと、黒澤の眼鏡の縁が街灯の光を弾《はじ》いた。

「声が小さいですよ。あなたは腹芸ができる性格ではないので、本心からの言葉ではあるんでしょうが」

「あ、当たり前だろ。俺は本当に黒澤さんには感謝してるし、いい作品で恩返ししたいって思ってる!!」

ムキになって大声を出した照に驚いたか、路地裏から野良犬《のらいぬ》が一瞬顔を出し、そのまま引っ込んだ。それに合わせた訳でもないが、照の声も段々勢いを失っていく。

「ただ……その、黒澤さんも知ってのとおり、俺は降りてこないと書けないタイプだから……ちょっと今回、まだ話と波長が合ってない感じがして……」

作家にも色々な執筆スタイルがある。プロットと呼ばれる、物語の構成段階できっちり起承転結や決め台詞まで書き込まれたものを担当に提出し、あとはそれに肉付けすればOKというタイプもいるが、照はプロットからしてイメージの羅列《られつ》が並ぶだけ。結末もきちんと書かれておらず、いざ筆を走らせれば、その勢いに任せて疾走し始める。長い付き合いの黒澤も、照の作品については書き上がるまで結末が読めない。

そのため本人にも、どこで自分のスイッチが入るか分からないのだ。決して筆が遅い訳ではない、と自負しているものの、天啓《てんけい》のようなものがヒラめかないと創作世界に入れない。無理に入っても、照ならではの怒濤《どとう》の展開と妙な爽《さわ》やかさがなくなってしまう。

「イタコ作家ですからね、あなたは。……いいですよ、待ちましょう」

急《せ》かしたところで、出来に期待できる作家でもないのだ。黒澤もあっさり諦《あきら》めた。

「ただし、あと一週間です。どうせあなたの初稿は膨大《ぼうだい》な手直しが入るんですから、待てるのはそこまでです。それでは、大傑作を期待していますよ、テルテル先生」

照ならではの怒濤の展開と妙な爽やかさが生きた作品であっても、大抵は怒濤の展開すぎて、常人にはついて行けない仕上がりである。最初に書き上げた段階である初稿から、説明不足や矛盾点の洗い出しを行い、読者が読みやすい形へと磨き上げる改稿の手伝いが編集の主な仕事なのだ。

「は、はい、がんばりまっす!!」

張り切って大声を上げた照に驚いたのか、さっきの野良犬がまた路地から顔を出してすぐに引っ込んだ。

黒澤と別れた照が帰って来たのは、バイト先から徒歩二十分の距離にある単身者用のマンションである。大学入学に合わせて家を出て以来、ずっと一人暮らしだ。少々駅から離れているため、比較的ゆったりした1DKでもお値段は抑えめで懐《ふところ》に優しい。

二階建ての建物のうち、二階の一番端が照の家だ。黒澤の催促を受けた結果、予定より十五分ほど遅くに帰って来た照は、まずは手前のダイニングキッチンにてコンビニで買ってきたカレーを温め、それを持って奥にある自室兼仕事場に入った。

「うん、やっぱりカレーは常に世界一だな！」

単純明快な味を好む照にとって、カレーはベストパートナーである。好きすぎて作中の人物が常に食事といえばカレーなので、黒澤からも「またですか」「……まあいいですよ、描写がおいしそうですし」「どうして今回はカレーじゃなくてラーメンをチョイスしたんですか？　何かあったんですか？」などと突っ込まれたことも多々ある。

腹を一杯にし、風呂にも入って身を清め、部屋着代わりのジャージに着替えたら作業開始だ。パソコンを起動して軽くメールのチェックをしてから、ワープロソフトを起《た》ち上げて途中まで書いてある原稿を表示させる。あとはひたすら、黙々とキーを叩《たた》くだけだ。

ただ、この黙々と書くというのが照には困難なのである。

作家によって執筆スタイルは様々で、サラリーマンのように時間を決めて書くタイプは着実に文字数を積み重ね、ゴールに辿《たど》り着く。その正反対に位置する照は、先程黒澤にも「イタコ作家」と言われたように、スケジュールと一切関係なくヒラメキが降りてこないと何もできないのだ。降りてさえくれれば、カレーもシャワーも放り出して何時間でも執筆できるのだが。

「とはいえ、あと一週間って言われちゃったもんなぁ」

まだ二週間あるのだからと、気が緩んでいたのは事実だ。兼業作家かつ、バイトを結構な頻度《ひんど》で入れている照が原稿に割《さ》ける時間は決して多くない。

今日のようにフル勤務の日は疲れているのでまた明日、としたいところだが、何分照の執筆はヒラメキ頼りだ。休みの日にガッツリ書いて埋め合わせをと甘く見積もっても、肝心な時に何も降りてこなければ全く進まない。朝起きてカレーを食べてパソコンの前でウンウンうなってカレーを食べて午後からもウンウンうなって気分転換におやつを食べてカレーを食べて風呂に入って一文字も進まないまま寝て終わりになってしまう。単発のバイトでもしていたほうがマシである。

これでも照はデビュー六年目の作家だ。シリーズも長くなったので、それまでの積み重ねで執筆することもできない訳ではないが、どうしても小手先でごまかしました感が否めない。照本人がそう思うのだから、黒澤の感想は推《お》して知るべしだ。

「まして、お金を払って読んでくれる読者さんは……」

ブルッと震えた照は、安直な考えを振り払った。イージーカム・イージーゴー、ちょっと違うかもしれないが、創作に近道はない。近道しようとしても、黒澤が許さない。絶対に。

「や、でも、休みは二日あるよな。残りのページ数からすれば、その二日丸々がんばれば、結構余裕……」

気を引き締めた端から甘い見積もりを再開した照を、常時脳内に居座っている黒澤のヴィジョンが睨《にら》みつけてきた。

『あなたの書く話を残りページ数で換算するのは危険だと忠告します。天啓が降りて来てしまえば、何ページでも書き続けるでしょうが。ページ数が増えると一冊の単価も上がるんですよ？　一行の文字数やページあたりの行数を増やせばページ数を抑えることもできますが、あまり文字を詰めすぎると読みにくくなります。うちの読者層を考えると』

「あっ、もう結構です」

思わず声に出して遮ってしまった照は、ふーっと息を吐いて天井を見上げる。

「……やっぱり一週間って無理じゃないかなー……なーにが、あなたの初稿には膨大な手直しが入るから、だよ！　……そのとおりだけど……」

怒って落ち込んで、を繰り返しても時間を無駄にするだけである。照は意を決してディスプレイを睨んだ。やる気というのはやり始めてから出るものだ。無理やりにでも手をつければ、そのうち創作の神様との道が繋がるかもしれない。

そう思って一時間ほど格闘したところで、照は両手を上に向かって突き上げた。

「あー、だめ！　何も浮かんで来ない!!」

自分の本を読み返してみたり、好きな作家の本を読み返してみたり、好きな音楽を聴いたり、黙々とパズルゲームに勤しんだりと降りて来やすい環境を作ってみたが、オール空振りに終わった。パズルの最高点だけ更新された。

そもそも創作の神様は、来る時はお構いなしに来る。バイト先で山ほど本が詰まったダンボールを持ち上げた瞬間、ぶわっとアイディアが湧《わ》いてきた時には、そちらに気を取られすぎて危うくぎっくり腰になるところだった。ただでさえ肩凝《かたこ》りと腰痛は作家の職業病なのだから、気を付けなければならないのに。

「こういう時、アシスタントさんとか、同業者と作業ができる漫画家さんが羨ましくなるよな……」

漫画家同士は作業画面をインターネット上で繋ぎ、互いの画面を見つつ会話をしながら作業することがあるらしい。羨ましい。小説家もできなくはないが、文章を書きながらしゃべるというのはかなり高度な技術が必要だ。少なくとも照にはできない。

物は試しと黒澤に付き合ってもらったことがあるのだが、最初の三十分の間、照は「もー無理だめ降りてこない」と一人でうなり続けていた。ところがその三十分後には、突如《とつじょ》降臨した物語の神様にウインクされてしまった。

裸足《はだし》の女神が荒野を駆ける。舞うように飛び跳ねる爪先が地を蹴るたびに、そこから新たな芽が芽吹き、花が咲き、豊かな色彩は大地を覆《おお》い尽くす。俺が間違っていた。ここは荒野なんかじゃない。このすばらしい景色を読者のみんなに伝えるのが、俺の使命なんだ……!!

照の創作のアンテナが最高潮に働いた時、大体こんな感じの電波に脳を支配される。そういう訳で荒野の女神にフォーリンラブした照は、熱烈なランデブー三時間をかました結果、気付いたら黒澤との通信は切れていた。恐縮しきって電話したところ、「構いませんよ、どうせこうなると思って四十五分を過ぎたところで打ち合わせに出かけました。ただし、二度とごめんですから」との優しいお言葉を頂戴《ちょうだい》した。

しょうもない思い出を振り返っているうちに、気付けば日付変更線を越えそうだ。これはもうだめだ、明日の自分を頼るとしよう。


そういうことを一週間繰り返したのちの夕方である。

「いらっしゃいま……！　……せ……」

来店を告げるベルが鳴り響いた瞬間、条件反射で歓迎の挨拶をした照の表情がみるみる引きつり、語尾が弱々しく掠《かす》れた。

「どうも」

顔色を変えずに応じた黒澤は、一直線に店の奥にある文芸書のコーナーへ行った。目当ての品はすぐに見つかったようだ。一冊の本を手にして、レジのほうへと近付いてくる。

レジに入っていた岡田が瞳を輝かせたが、黒澤は手前で足を止め、レジ前の平台をチェックし始めた。本屋でどの本が人気作として扱われているか、その動向をチェックするのも編集の大事な仕事だって言ってましたよね。分かります、黒澤さん。俺も平台を見て、流行を感じ取るようにはしてます。

でも、ちょっと露骨じゃねーかな？　チェック時間が長いな？　確実に俺を待ってるな？　そうは思えど、バイトの決まりは決まりだ。ソワソワしている岡田へ、歯切れ悪く声をかける。

「あの……岡田さん。レジ、そろそろ交代の時間だから……」

「あ、ああ、そう、ですよね」

未練の視線を黒澤の横顔に送りつつ、岡田がレジを出る。入れ替わりに照が中に入った直後、正面に立った黒澤に視界を塞《ふさ》がれた。

「申し訳ありません、会計をお願いできますか」

ただならぬ圧を受け止めかねて、照の視線はうつむいた。

「は、はい、ただいま……」

「それと、領収書もお願いします。宛名はこちらで」

一週間前と同じ名刺が再びキャッシュトレイの上に置かれる。ちなみにキャッシュトレイの正式名称はカルトンといい、フランス語だ。

自分の中にある物語を映像で観るタイプの照であるが、あふれる豊富なイメージをいざ文章に置き換えようとすると、正式名称が分からずつまずくことが多々ある。学校のシーンを書いた時、屋上に一部だけ突き出た部分をなんて表現すればいいか分からなくて、まんま「屋上に一部だけ突き出た部分」って書いたら「塔屋」って訂正されたよな。これは黒澤さんじゃなくて、校正さんだけど。あっちなみに、校正さんっていうのは、誤字脱字その他日本語の間違いを訂正してくれる専門職のことです！

どうでもいいことを思い出して現実逃避しながら、機械的に会計を行い、領収書を切った。一週間前と同じ宛名を書くためにも名刺と首っ引きとなったのは、黒澤が放つプレッシャーのせいだ、と己に言い訳をしながら。

ただし、黒澤がこうも圧力をかけてくるのは、自分が悪いとの自覚はある。あるからこそ、なおのこと気まずい。彼が一週間前に購入した本は「締め切りを守れない人」を対象とした自己啓発本で、本日の購入品は締め切りを守れない文豪が編集に宛てた言い訳をまとめた本である。気まずい。俺が文豪じゃないところまで含めて気まずい。

「ありがとうございました――……」

しめやかな挨拶に軽くうなずき、黒澤は去って行った。彼が退店して数秒後、照は大きく息を吐く。ここがバイト先でなければ、うずくまりたいところだ。

「白川くん、また黒澤さんが来てなかった？」

そこへ渡邊店長が近付いてきて、しげしげと照の顔を覗《のぞ》き込んだ。

「……来てましたね」

「あの人、来たら絶対何か本を買ってくれるんだよね。しかもわざわざ、店が暇な時間を見計らって……だから店長としては嬉《うれ》しいんだけど、大丈夫？　顔色が悪いよ。ははあ、さてはまだ原稿が上がってないね？」

「うっ」

いきなりクリティカルヒット！　たまらず照は、レジ台にかじりつくようにしてギリギリで耐えた。おっしゃるとおり、結局一週間では到底間に合わず、メールでごめんなさいしたのが昨夜のことである。

「あれ、図星？　白川くん、うちの仕事は時間どおりにやってくれるのにね〜」

「俺も締め切りを守りたいのは山々なんですよ！　俺が締め切りを守らないと、黒澤さんはもちろん、校正さんにもイラストレーターさんにも印刷所にも営業さんにも広報さんにも、ていうか出版社全体にめちゃくちゃ迷惑をかけるのも承知してます！　でも俺、どうしても、スタートダッシュが遅くて……!!　ここで無理してもロクな話にならないのは、経験から分かってて……!!」

「白川くん」

ポン、と渡邊が照の肩を叩いた。

「正直本屋にとっては、出ない傑作より、出る駄作のほうが嬉しい時もあるんだよね……？　頭の中にある傑作は、棚差しもできないから……」

「うぐううううう!!」

ド正論に胸を押さえる照を、いつの間にか近寄ってきた岡田がまじまじと見やる。

「白川さんって、本当に作家だったんですね……」

「いや、だから、この間もそう言ったよね……？」

　二度にわたり担当編集がバイト先に顔を出したことにより、職業詐称《さしょう》疑惑はようやく晴れた様子だ。顔を引きつらせた照は、来客を告げるベルにはっとした。

「と、とにかく、俺のプライベートで、これ以上みなさんをわずらわせる訳にもいかないんで！　さっお客様のご来店ですよ！　いらっしゃいませー!!」

「うん、そうだね。しっかり仕事しないとね」

　渡邊もレジから離れながら笑顔になった。

「白川くん、今日はあと一時間で上がりだし。時間どおりに上がらないと、黒澤さんを待たせちゃうもんなぁ？」

「うううううう！」

　バイトのシフトは出た段階で黒澤へ全て伝えてある。当初は単純に連絡の取れない時間帯を伝えるためだけだったのだが、今や完全に催促のために使われている。

もう、いいんじゃないかな？　そう思って提出をやめようとしたこともあったのだが、「あなたが締め切りを破らなければ、催促目的に使うことはないんですよ」と呆《あっ》気《け》なく論破されてしまったのであった。

　早々と胃が痛くなってきたが、一時間はバイトに専念すべきだ。なんとか気持ちを切り替えた照は、背筋をしゃんと伸ばした。

一時間後、特筆すべきところなくバイトは終わり、バックヤードでエプロンを外した照は店の裏へ出た。

時刻は三時過ぎ。外はまだ明るい。暗い色調のスーツに身を包んだ黒澤の姿も、まだそんなに不審ではない。

「お疲れ様です、テルテル先生」

きっちりと頭を下げられて、反射的に眼を逸らしてしまった。

「お、お疲れ様でーす……」

以前逃げ込んだ狭い路地を見ている照を、黒澤は静かに見下ろして口を開く。

「締め切りの延長をご希望のメール、拝見しました」

「でしょうね……だから来たんですよね、今日……」

「ええ。それがお分かりであれば、結構です」

そこでふっつりと会話は途切れた。二人の間を行き過ぎる春風は柔らかく暖かいのに、なぜだか肌に突き刺さる。

「な、なんか言ってくださいよ……」

沈黙に耐えかねて促《うなが》すと、黒澤は「とりあえず、そのへんの喫茶店にでも入りましょうか」と言った。

本来ならばありがたい申し出だ。一週間前のような遅い時間なら、黒澤も家に帰らねばならない。店の裏から移動するようなことはないが、バイトが早上がりの日なら喫茶店でゆっくり話せる。ついでに軽食も奢《おご》ってもらえて一食浮く。

いいことずくめなのであるが、今日は恐怖のほうが先に立った。

「え、い、いや……二人っきりになる前に、今日来た理由をもっと詳《くわ》しく聞きたいナァ……」

狭い路地のほうをチラチラ見ながら出方を探る。黒澤はわざとらしくため息をついて、

「理由はこれといって何も。あなたは、少なくとも初稿を書き上げる前は、編集者のアドバイスが有効なタイプの作家じゃないですからね。俺にできるのは、ただ傑作が仕上がると信じて待つことだけです。それをお伝えしに来ました」

信じて待つ。黒澤の口調は一定であるにもかかわらず、そこだけが強烈に鼓膜を打った。ひぃ、と小さく喉を鳴らす照の眼が思わず正面に戻ったところで、黒澤が鋭い視線で突き刺してしっかりと固定する。

「信じていいんですよね」

「え、ええと……」

「信じていいんですよね？」

「しん、じて……くら……はい……」

ギクシャクと応じた照の耳に、ドアを開ける音が届いた。

「あ、あれ？　岡田さん」

反射的に振り向けば、先程照が脱いだ店員用のエプロンを身に着けた岡田がすぐ後ろに立っている。しかし、なぜ彼女がここへ？　照と違って、彼女はまだバイト中のはずだが。

いやいや、なぜ、などとは野暮であると、照はすぐさま考えを改めた。

こんなことだから、黒澤に恋愛音痴のように言われるのだ。三次元はおろか二次元でも、いまだに主人公の恋を成就させてやれないのは事実だが、恋人という絶対庇護《ひご》の対象を作ってしまっては平等な人助けが難しくなってしまうから仕方がない。決して成就した恋の先が見えないからじゃないやい。

しょうもない言い訳をしつつも、そっと体をずらす。俺がいちゃ、恋するイケメンがよく見えないもんな……そう思って、クールに踵《きびす》を返そうとした瞬間だった。

「あなたはまだバイト中なんでしょう？　店に戻ればどうです」

「黒澤さーん⁉」

思わず突っ込んだ照の後ろで、岡田はびくっと肩を震わせた。

「そ、そうですよね……私、その、ごめんなさい……！」

言うなり、彼女はダッシュで店の中へと駆け戻っていく。しばしあ然としていた照は、一拍遅れて黒澤に噛みついた。

「黒澤さん、いきなり何てことを……‼」

「俺は間違ったことは言っていないでしょう」

「い、いや、それはそうなんだけど……」

当たり前の話だが、バイト中にプライベートな行動は許されない。それはそうだが、今の時間帯は店もそう忙しくない。店長に許可を取っていた可能性もあるのに、確認する暇もなく、岡田は行ってしまったのだ。

アワアワしている照に軽くあごをしゃくり、黒澤は歩き出した。混乱しながらその背を追えば、彼は打ち合わせの御用達《ごようたし》、天晴堂の斜め向かいにあるコーヒーチェーン店「トムズコーヒー」、ではなく、角を曲がって商店街から一本入った「丘の上カフェ」という個人経営の店に入った。控え目な環境音楽と木材の温《ぬく》もりを感じさせる店内は居心地はいいが、ちょっと戸惑ってしまう。

「あれ、こっち？」

さっさと座った黒澤の向かいに腰を下ろして問うと、黒澤はメニューを広げて肩を竦める。

「『トムズコーヒー』ですと、さっきの女子高生がまた突撃してくるかもしれないでしょう」

「岡田さんはそんなことしねーって！」

「はいはい、メニューをどうぞ。どうせカレーでしょうが。ああ、俺はブレンド、ブラックで」

軽くあしらった黒澤が若いウェイターに注文してしまったので、照も急いでカレーのセットを頼んだ。ウェイターが下がったところで、黒澤は冷ややかな声で話を再開する。

「人のことより自分の原稿ですよ。お節介病はやめてくださいと、何度も」

「俺は岡田さんにお節介なんて焼いてねーよ！　焼かせてもらってないし、そもそもバイト仲間以上の接点もないし……」

照と岡田の関係は、いまだ顔を合わせれば挨拶をする程度である。今日の段階でも作家であることを疑われていたし、親密とは言い難《がた》い。

もっとも岡田は他のバイトや店長相手にも打ち解けた態度ではないので、照が嫌われている訳ではない。そう信じたい。

「いや、でも、作家だってことはやっと認めてもらえたもんな！　黒澤さんが何度も店に来てくれたおかげだけど!!　つまりは俺の……原稿が遅い、せいだけど……」

「は？」

弱々しく独りごちていた照はヒッと息を呑《の》んだ。にわかに黒澤の瞳が険しくなったのだ。早々にブレンドとカレーセットに付属するカフェオレを持って来たウェイターもビクッとした。

「ご、ごめんなさい！　ヒラメキがまだ来ないばっかりに、黒澤さんに手間をかけさせてしまって……！」

「――今さらそれにムカついた訳じゃないんですが、まあいいでしょう。それより、あともう一週間待ってください、とのことでしたが、大丈夫なんでしょうね？」

「はい、分かってます。今日これから、すぐに帰ってがんばります!!」

早々とガッツポーズをする照だが、黒澤はあまり信じていないようだ。やだ、この人、借金取り……？　うちはマルチお断りなんですけど……みたいな顔をしているウェイターから無言で飲み物を受け取って、

「その割に、今日を早上がりにした以外、バイトのシフト変更をしたとの連絡はありませんでしたが」

「しょうがねーだろ、本屋のバイトってキツいから、なかなか集まらねーの！　特に俺みたいな、時間の都合が付く若い男って貴重なんだよ！　岡田さんは平日は授業が短い日しか入れねーし、締め切りがヤバいからって、そう簡単には抜けられないの!!」

「天晴堂」は店長の渡邊、渡邊の妻、照、岡田、その他三名のバイトでどうにかやりくりしている状態だ。照と岡田を除いたバイトは全員主婦で、土日や夕方以降の時間帯は入れない。照が週五で一日フルに働いて、ギリギリ回っているのである。

何度か渡邊からは「正社員になる？」との打診を受けているが、そうなると急な休みが取れなくなり、特に土日の休みは難しくなると言われていた。出版社も緊急時以外は土日が休みであるため、どちらかを休日にして原稿を書き進め、週明けに確認してもらえるようにするというスケジュールを組めなくなってしまう。

このご時世に魅力的な提案だったが、いずれは専業になるのが照の夢だ。申し訳ないが、お断りしていた。その分、一度組まれたシフトはしっかり遵守《じゅんしゅ》したいのだ。

「でも、黒澤さんを待たせてることは分かってるから……どうにかするよ。店長とも、また相談してみる」

「ええ。楽しみにしてますよ」

ひとまず、納得してくれたようだ。薄い笑みを唇に刷《は》いた黒澤を見て、照もほっと

した。ウェイターがそーっと置いて行ってくれたカレーも、この時点ではおいしく食

べられた。

すんごくヤバい。とっととヒラめいてくれないと本気で間に合わない。

それは重々承知の上なのだが、照の事情など創作の神様は知ったこっちゃないので

ある。来る時はお構いなしに来る、来ない時は全く来ない。猫より気紛《きまぐ》れなのだ。

「ううっ、でも、少しでも前に進まないと……！　せっかく今日は、まだ時間もある

んだし……!!」

「丘の上カフェ」を出て黒澤と別れ、マンションに帰った照は、早々に起ち上げた

ワープロソフトを前にして絶望のうなり声を発していた。

やる気はやっていれば出てくる。創作の神様も書いていれば来てくれる、かもしれ

ない。前も似たようなことを考えていた気がするが、要するに変わらず追い詰められ

ており、状況を打破するためには何かせねばならない。進捗《しんちょく》のない原稿を眺めている

だけというのが、まず精神衛生上よろしくない。

切羽詰《せっぱつ》まった照は、とりあえずベッドに寝転がった。そのまま十五分が経過した。

「――いや、だめだろこれ!!」

睡魔は創作の神様より遥《はる》かにフレンドリーだ。おいしいカレーを食べれば眠くなるのが道理とはいえ、危うく健やかな昼寝を貪るところであった。

何のための早上がりか。現実逃避している場合かと自らを奮い立たせ、パソコンの前へ戻る。

とはいえ、相変わらず創作の神様がデートに応じてくれる様子はない。やむなく照は、一週間前は取り下げた案に手を付けることに決めた。

手癖でもいいから一文字でも前に進める。最悪手慣らしにしかならなくていい、ヒラメキを呼ぶための胡散臭《うさんくさ》い儀式で構わない。何かしよう。これ以上黒澤に怯《おび》えずに済むよう、言い訳にできるような何かを。寝る以外の何かを。

そう思って一時間ほどかけて書いたものを読み直し、照は悶絶《もんぜつ》した。

「同じ単語使いすぎ！　みんな笑いすぎィ!!」

疲労その他によって語彙力《ごいりょく》が低下すると、全ての文章が「だが」で繋がっていたりする怪現象が起こる。台詞と台詞の間に入れる地の文に困って、やたらと登場人物が笑ったり微笑《ほほえ》んだりする現象も同じく起こる。

「い、いや、でも、表現は校正さんに直してもらえるし……！」

落ち着け、俺の武器は豊かな語彙力じゃない。時に黒澤さんさえ理解を放棄する発想力だ。照は己に言い聞かせた。言い聞かせたが、

「……でも、これ、単純に、面白くないような……？　い、いや、だめ！　進んだんだ、進んだ分は採用!!」

「なんだか面白くない病」もまた、気力が落ちてくると忍び寄る不治の病だ。ヒラメキに突き動かされている時の照に面白いか面白くないかなどと考える余地はない。ただの出力装置に徹しているからだが、現在は理性とテクニックで書いているため、疑いが生じる隙《すき》があるのだ。

「う、うーん、やっぱり書き直すか……？」

グラグラと心が揺れる。しばしの逡巡《しゅんじゅん》のあと、照は決断した。

「……よし！」

そして颯爽《さっそう》と立ち上がり、疲れた脳へご褒美を与えるため近所のコンビニへと出かけた。

勘違いしないでほしいのだが、これは決して昼寝のような現実逃避ではない。小説

を書く、といった知的作業を行うと、脳が大量のエネルギーを消費するからだ。仕方がないのだ。

カレーを食べたって？　あれは辛いものなのでノーカンである。手っ取り早く補給するためには糖に限る。補充をせずに戦い続けた日本軍はどうなった？　我々は歴史に学ぶべきなのだ。

それからさらに、一週間後のことである。天晴堂書店のバックヤード隅《すみ》に設けられたスタッフルームにて、照はぼんやりと宙を見つめていた。他のスタッフとずらして取った休憩中《きゅうけいちゅう》であるため、室内に他の人間はいない。

「……あっ」

霞《かす》みがかった表情が、ノックの音で夢から覚めたように引き締まる。ゴクリと唾を飲んでから「はい」と応じた。

「あ、やあ……、岡田さん」

「……どうも」

本日のシフトからしてそうだろうと思っていたが、そこにいたのは案の定岡田だった。一週間ぶりに顔を合わせた彼女は、照同様決まりが悪そうだ。

「その……、先週はごめん。黒澤さん、クソ真面目だからさ。融通が利《き》かなくて……」

「……いいんです、別に。私もつい、先走ってしまって……恥ずかしい」

もじもじと岡田はうつむいた。思ったよりも彼女の反応が穏やかであることに安堵《あんど》していると、岡田は自分のロッカーに手をかけながら話題を変える。

「それにしても、黒澤さんってすごいですね。担当さんって、担当している作家さん全てに、ここまで付き合ってくれるものなんですか？」

「うーん、どうだろ。俺はデビュー以来、ずっと黒澤さんが担当だから、他の人は分からないけど……だからって、作家のバイト先にこれだけ来てくれる担当が普通だとは思わないな」

打ち合わせは電話があればいい。原稿はメール添付で送信すればＯＫ。一昔前ならいざ知らず、現代の作家と編集者は発達したネットワークに頼ればいい。互いに顔を合わせなくても、本は出せるのだ。

手書き原稿の作家もいない訳ではないそうだが、相当な大御所でもない限りは敬遠されるのが現状である。イラストレーターの場合はアナログの書き味にこだわる人も一定数いるらしく、逆にデジタルオンリーで自分の絵を印刷した経験がないと、思ったような色が出ずに困ることもあるとか。

「ちょっと口うるさいなー、とか、もうちょっと俺のことを信じてもよくない？　って思うこともあるけど……来てくれること自体は、なんだかんだで嬉しいんだ。俺一人の担当さんって訳じゃないんだし、手間かけちゃって悪いんだけど」

「……そうですよね。でも、そんなに手間じゃないんじゃないですか？　風伝出版の編集部って、割と近くにありますもんね」

「お、さすが、本屋のバイトも板についてきたね。そうなんだ、元から天晴堂書店は売れ筋チェックのために定期巡回してる店らしくてさ。だからそこまで、無理はさせてないとは思うけど……」

黒澤に大丈夫かと聞いたところで、「あなたの原稿が大丈夫じゃないでしょう」と言い返されるだけである。すでに二回言い返され済みなので間違いない。生真面目《きまじめ》な仕事人間である彼が、一度やるべきと決めたことを覆《くつがえ》すのは難しい。

結局のところ、黒澤の苦労に報いるため、照にできることは決まっているのだ。そしてそれはすでに成し遂げた、はずである。

「黒澤さん、テルテル先生にすごく期待してるんですね」

「えっ……、あ、はは、岡田さんにペンネームで呼ばれると照れちゃうなぁ!!」

初めての「テルテル先生」呼びで現実に引き戻された照は、嬉しさと恥ずかしさの入り混じった笑みを浮かべた。そんな照を、岡田は何やら冷めた眼で見つめている。

「……あの。ところで、着替えるんで、出て行ってくれます？」

「あっ、ご、ごめん！　ぼーっとしちゃって!!」

この店のスタッフルームにロッカーはあるが間仕切りはない。そもそも岡田以外の全員が、普段着の上からエプロンを着ければそれで支度が終わりなのだ。岡田も土日は私服なのだが、平日の学校帰り限定で制服から持ち込みの私服に着替えてエプロンを身に着けるのである。

「それと、エプロン、ちゃんと着たほうがいいと思いますけど……まさか、その状態で今まで働いてたんですか？　なんだか顔色も悪いですけど」

「えっ……？　あ、えっと、違うんだ！　スタッフルームに戻って来たら、気が抜けて一回脱いじゃって……ありがとう、すぐにちゃんと着るから二分だけ待って!!」

エプロンの肩紐は右側が垂れ落ち、左側は腕を通っておらず、腰紐はブラブラしたままの状態だ。慌てた照は急いで身支度を整えると、あくびを噛み殺しながらスタッフルームを飛び出した。

この一週間というもの、バイト以外の時間をほぼほぼ原稿に費やしてきた。岡田に指摘されたように、すっかり寝不足、かつ注意力散漫なのは事実である。昼寝をするまい、という戒《いまし》めが功を奏したと言いたいところだが、単純に昼寝に割ける時間がなかったのだ。

だが、それはあくまで照の事情。お客様には関係ない。

「いらっしゃいませぇー!!」

スタッフルームを出た瞬間、聞こえてきたベルに反応して腹から声を絞り出した。見て分かるレベルの顔色の悪さは自覚しているが、それだけに付け焼き刃ではどうにもならない。ならば空元気でも、とにかく声を出して、やる気をアピールしようという作戦だった。

「いらっしゃいませ！　いらっしゃいませー!!」

呪文のように連呼しながら大股にレジへと近付き、ちょっと引いている渡邊と交代する。閉店まであと二時間、テンションだけで乗り切るしかない。改めて心に決めた瞬間、レジの前に人影が立った。

「お会計と領収書をお願いします」

声は平坦。本と名刺をレジ台の上に置くしぐさも、乱暴なものではなかった。たまにやって来る酔っ払い客のほうがずっと粗暴である。

だが、今目の前に立った黒澤の相手をするぐらいなら、まだ酔っ払いのほうがマシだと思えた。照へと叩き込まれるまなざしの冷たさときたら、過ぎ去ったはずの冬が振り向きざまにエルボーをかましてきたレベルだ。

「お会計と領収書を」

「は、はいッただいま!!」

うなじの後ろの毛を逆立てながら、懸命に手を動かす。頭はまだパニックを脱していないが、黒澤の望みを終えれば彼は立ち去る。バイト中の照に客として以上の接触をしないのは、彼のポリシーだ。

「字が違います」

「す、すみません、すぐ直します！」

落ち着け、最近は週一で書いてる領収書だぞ……！　と心の中で唱えすぎたのが仇《あだ》になったか、もう一回間違えた照に対し、黒澤は特に何も言わなかった。ただ、静かにため息を零《こぼ》しただけで。

三枚目にて、どうにか正しい漢字で領収書は書き終えた。踵を返す黒澤が発した温度ゼロの「ありがとうございました」が引きつった顔の上を滑り落ちていく。こちらも礼を言って頭を下げるべきだと分かっていたが、その気力が残されていなかった。

　氷の魔人と化した黒澤との遭遇時間は十分もなかっただろう。体感では数時間分のエネルギーを消耗し、たまらずレジに寄りかかる照に、渡邊がこわごわと寄ってきた。

「白川くん、何やったの？　黒澤さん、めちゃくちゃ怒ってたじゃん」

「怒ってましたねえ……」

「やっぱり締め切りに間に合わなかったの？　一日しか休みにしてあげられなかったからなぁ。でも、うちもこれがギリギリなんだよ」

　渡邊は申し訳なさそうにしてくれるが、彼のせいではない。そもそも、黒澤が怒っている理由は渡邊の懸念《けねん》とは別なのだ。

「店長のせいじゃないですし、原稿は昨日メールで送りました」

「あれ、そうなんだ」

「送りましたけど……送ったから、怒ってるのか、も」

　ははは、と空笑いした照は、余計疑問を感じているらしき渡邊をごまかすように話を逸らす。

「まあまあ、とりあえず、黒澤さんは帰りましたし。そうですよね、他の件で怒ってる可能性もあるし、店に来て買い物したからって、いつもみたいに待ち伏せしてるとも限らないし！　さっ仕事しましょ仕事！　いらっしゃいませー!!」

そんな訳なかった。

「なぜ、俺が怒っているのか分かっていますね、テルテル先生」

「……薄々……」

バイトは終わり、片付けも終わった午後九時過ぎ。ビクビクしながら店の裏口へ出た照を、黒澤は待ち構えていた。

渡邊に楽天的なことを言いはしたが、絶対待っているだろうとは思っていたのだ。さっさと帰っていく岡田を引き留めたい誘惑を感じたが、堪《こら》えた。一週間前、嫌な思いをさせてしまった彼女をデコイに使おうなどと、照のポリシーに反するではないか。

そもそも、こんな風に怒られている姿を岡田の眼に映したくない。

「何度も言ってるでしょう、俺は小さくまとまった作品が一番嫌いなんです!!」

時間が時間であるため、お怒りモードであっても黒澤の声はさほど大きくはない。ただし後ろめたさで過敏になった照の鼓膜と心には、グッサグサと突き刺さりまくった。

「ええ、お話として完結はしていました。一部伏線の回収漏れはありましたが、校正段階で直せるレベルです。いつものとおり、誰もがきちんと救われてハッピーエンド。主人公の正義感にも好感が持てます」

つらつらと褒め言葉を述べてくれたのも束《つか》の間《ま》、黒澤は無慈悲な一言を放った。

「ですが、それだけです」

「うぐぅっ」

痛恨の一撃！　創作者として一番の致命傷となる講評が、容赦《ようしゃ》なく心臓を貫く。

「こんなものは、昨今の新人賞を研究し尽くした投稿者ならいくらでも量産できます。ですがテルテル先生、あなたはプロです。それも、このタイプの作風を洗練させたプロじゃない。もっと破天荒《はてんこう》で、向こう見ずな電波を飛ばさなければならない!!　なんの前触れもなくカクニャンが海を泳いでやって来る、いつもの作風はどこへ行ったんですか⁉」

「カ、カクニャンは非日常の使者であり、つまりは神の立ち位置なんだから、海だって泳ぐししゃべるよ、当然だろ⁉　そりゃ今回は、ちょっと急いで話を進めすぎて、マッサージしてくれたりする可愛いシーンをあんまり入れられなかったけど……」

必死で弁解していた照であるが、不意にその勢いが弱まった。

「……でも……そう、だよな。俺も本当は、本調子じゃないって分かってたんだ」

確信を込めてつぶやく顔は寝不足が祟《たた》って艶《つや》を失っているが、瞳は輝きを取り戻していた。

「ごめんなさい、黒澤さん！　俺が間違ってた」

率直に認めた照は、無言の黒澤にきっぱり断言する。

「書き直します、特に後半。もっと説得力に繋がるエピソードをしっかり入れて、黒澤さんが納得してくれるようにする!!」

「……俺だけが納得したって駄目なんですよ。お金を払って読んでくれる読者さんは、編集なんかよりもっと厳しいんですからね？」

「そ、それは知ってる……たまにエゴサとかして、ガチで凹《へこ》むことがあるし……」

途端に弱気になった照を、黒澤はため息交じりにたしなめた。

「あなたみたいな豆腐メンタルは、エゴサーチはやめなさいと言ったでしょう」

「分かってるよ、もうしない！　今はただ、いいものをがんばって書くよ。黒澤さんは俺の一番の読者なんだから、まずは黒澤さんを納得させせないとな!!」

照の仕事は読者に本を買ってもらうことである。そのためには編集者だけを満足させるレベルではいけない、というのはもちろんだが、逆に言えば編集者も満足させられない作品は読者だって楽しめないだろう。まして黒澤は、世界の誰よりも照の話を読んでくれているのだ。

「ただ、締め切りはあと一週間待ってほしい……店長にかけ合ってみるけど、この間も一日休ませてもらったばかりで、これ以上俺の都合で休むのは厳しいんだ」

「だめです」

再び弱気になった照の頼みを、黒澤は速効で却下した。やっぱりそうか、とがっかりする前に、黒澤は肩を竦めて続けた。

「一週間なんて、ハンパはいけません。編集長と相談しました。発行を一ヶ月延ばしますから、締め切りは三週間後になります」

「え？」

間抜け面で呆けた声を上げれば、冷たいまなざしが喉元に突き付けられる。

「発行が一ヶ月延びたからって、単純に締め切りを一ヶ月後に設定する訳にはいかないんですよ。どこかのヒラメキ作家がその締め切りをちゃんと守れる、とは限りませんからね。さすがにこれ以上発行を延ばすのは無理ですから」

「いや、そうじゃなくて！　その、締め切りを延ばすって、本当に……⁉」

おずおずと尋ねれば、黒澤はこれみよがしにため息をついてみせる。

「仕方がないでしょう。下手にまとまってしまった作品の手直しは、時間がかかりますからね。俺だって、一週間刻みで催促に来るのは大変ですし」

「それは、その、ごめんなさい……」

悄然《しょうぜん》と頭を下げた照であるが、冷静に考えればすんなりと受け入れていい話なのか。

「いや、でも、締め切りを延ばすのは、よくないんじゃ……？」

「ええ、よくありませんよ。すでに各種メディアに発売日の情報は提出済み。チラシだって作ってしまっています。早々に予約してくれている読者さんだっている。あなたの新作を待っている方全てに、お詫《わ》びと訂正をしなくてはいけません」

すらすらと難点をまくし立てられては身を縮めるしかない。代替案があれば披露したかったが、悲しいかな他に打開策がないのもまた、事実なのだ。

「わ、分かってる……じゃあ俺も、ツイッターで訂正を……」

「やめてください。あなたはSNSの類《たぐい》に向かないと言ったでしょう。腹芸ができない人がペンネームそのままのハンドルネームで普段どおりの発言をしたら、たちまち炎上しますよ。そういうのは、編集部に任せてください」

「……はい」

せめてとできることを探してみたが、これも問答無用で却下された。そもそも機械類に疎《うと》い自覚はある。ファンとの交流に憧れもあるが、ファンレターの返信を真面目にやりすぎて原稿が遅れた過去もあり、強く言い返すことができなかった。

「――そうだよな。餅《もち》は餅屋だ。俺は、いい話を書く。それだけ考える」

寝不足で体は疲れているが、思考はクリアだ。黒澤の叱責《しっせき》で雑念が除去され、照の中に眠る物語を受信するアンテナが高い位置に上がった。採るべき道が、今の照には見え始めている。

蒼天《そうてん》を閉ざす霧を裂き、一条の……いや、今はちょっと待って、家に帰ってからにしてください神様。ここで降りてこられてもメモも取れない、と慌てる照に、はなはだ現実的な声がかけられる。

「そうしてください。それと、バイトの日数を削らないこと。一ヶ月発売が遅れるということは、一ヶ月印税の振り込みも遅れるということですからね。シリーズは間が空けば空く程、営業の部数判断も厳しくなりますし」

想像力の翼で羽ばたきかけていた照の足を、がっしり掴《つか》む黒澤のアドバイス。落差で危うくつんのめりそうになったが、すでに心は決まっている。

「うっ……、い、いいです。時間に追われて下手なものを出して、読者さんが離れるほうが、もっとよくないし……」

「賢明な判断です」

うなずいた黒澤の眼が苦いものを帯びた。

「……とはいえ、部数を出せないのは編集の力不足でもあります。テルテル先生のように学生デビューした人は、一般企業への就職経験がないまま作家になった結果、様々な理由で本を出せなくなると金銭的に苦しくなってしまう。潰しの利かない職業ですからね。あなたは案外、金については堅実なので、大丈夫だと思いますが……」

「……黒澤さんって、本当にいい人だよなぁ」

しみじみとした声を聞いて、照は微苦笑した。口うるさいし俺の行動を見透かしすぎだしスーツのイケメンが隣に立ってると比べられてやだなぁ、と思うことも多々あるが、照の作家人生について一番考えてくれている最高の担当なのだ。

「大丈夫だよ！　コツコツ貯金はしてるし。とにかく一回最後まで書き上げて、それをバッサリ否定されたことで、やっと書くべきものが見えてきた。いける、と思う」

小説を書くこと以外、照にこれといった趣味はない。読書は好きだし映画もできるだけ観るようにはしているが、全て面白い話を書くためだ。一ヶ月ぐらい印税が遅れてもどうってことはない。

「部数が上がるほど、多くの読者さんに満足してもらえるかどうかは、まだ分からないけど……少なくとも俺の一番の読者さんは満足させてみせる!!」

「その言葉を待ってました」

　ぐっと拳を握り、力強く宣言すれば、黒澤はやっと笑ってくれた。


「てな訳で、黒澤さんはしばらく来ないですから！」

「なるほどねぇ」

　翌日の天晴堂書店にて、児童書コーナーの整理をするかたわら、照は渡邊に事情を説明していた。

「本当にいいの？　白川くん。数日なら、他の人と相談して休みもあげられると思うんだけど」

「いや、いいですよ。この間は急に休みをねじ込んでもらっちゃいましたし。俺も迷いが晴れて、筆がノッてるんです。ノッてない時は書いては消し、書いては消しって感じなんですけど、今はパソコンに向かえば向かうほど、ガンガン進んでいくんですよね!!　できれば今すぐにでも帰って続きを書きたいぐらいです!!」

「……やっぱり休みがいるんじゃないの？」

「すみません、言葉のアヤです！　大丈夫です、それに閉店まで、あと二十分ぐらいじゃないですか!!　ちゃんと最後まで働きますって!!」

うっかり口を滑らせた照は慌てて訂正した。すでに店内に客の姿はない。塾帰りと思《おぼ》しき子供たちがしっちゃかめっちゃかにした絵本の整理整頓が終われば、本日のバイトは終了になりそうだ。

昨日黒澤と別れ、家に帰ってすぐ、パソコンに向き合って延々とキーを叩き続けた。気付けば夕食も風呂もすっ飛ばし、腹の虫に集中力を乱された瞬間に見た時計は午前三時。取り急ぎカレーで腹を膨らませ、シャワーだけ浴びて寝たのだ。

本日も出勤直前まで原稿と向き合い続けた。とにかく終わらせよう、などという邪念の消えた瞳で見れば、直すべきところは次々と浮かんでくる。黒澤に指摘された、いかにも予定調和なラストシーンはばっさりカット。ごめんなカクニャン、お前の可愛さはこんなものじゃねーよな。俺が悪かった……！

涙ながらにキーを叩き続け、ノリにノリすぎて遅刻しかけたが、こうしてバイト先で働くことさえ程よい気分転換になる。ランダムに散らばった絵本の表紙を眺めるだけで、新たなアイディアが次々と湧いてくる。

創作アンテナは大変感度良好。この好調を維持したまま、一刻も早く帰るべし。今日は久しぶりに高めのカレーを買って帰ろう。黒澤さんにも、一人暮らしなんだから食生活はしっかりしろって言われてるもんな。本当は自炊するのがいいんだろうが、一人暮らしで自炊だと、逆に高く付くことが多いので勘弁してください。

そんなことを考えているうちに閉店となった。レジの売上げに誤差なし。返品本の梱包作業もつつがなく完了。きちんと身に着けていたエプロンをロッカーにかけて、照は足取りも軽くスタッフルームを出た。

「岡田さん、お疲れ様！」

スタッフルームを出しな、すれ違った岡田にも軽快な挨拶。彼女のことも程よく意識から離れている。

思えば女子高生との接点にはしゃぎすぎたのも、アンテナが鈍《にぶ》った一因だろう。無論岡田のせいにするつもりは毛頭ない。彼女は最初から、照への反応が鈍かったのだ。兼業作家は不安定な職業である。照は兼業とはいえ、バイトとの兼業なので、会社勤めの兼業作家と比べれば危なっかしい立場なのは否めない。

女子高生とお付き合いできたら嬉しい、なんて考えが甘いのだ。自分もいい年になってきたのだから、お付き合いするのなら結婚を視野に入れるべきだろう。夫婦共働きも珍しくないとはいえ、専業作家になるのなら、最初から妻の収入に頼るつもりなど志が低すぎないか。

岡田に知られたらドン引きされそうな考えで己を戒めながら本人とすれ違おうとした瞬間、くん、と袖を引かれた。

「あの、白川さん……ちょっとお時間、いいですか？」

「えっ？」

驚いて足を止めると、どこか思い詰めたような顔をした岡田が、照のトレーナーを握り締めていた。

いきなり岡田に呼び止められた一週間後。バイトから帰ってきた照の眉間《みけん》には深いシワが刻まれていた。この一週間、照にしては珍しく、こんな表情をすることが続いている。

「……うーん」

近くのコンビニで買ってきたカレーを温め終えても、まだ眉間のシワは解けない。

しょっちゅう食べているとはいえ、照とカレーの付き合いは深い。特に今夜のものはお値段高めなので、一口一口、じっくり味わって食べたいのだが、どうしても意識が味に向かない。ジリジリと締め切りを食い潰している改稿に意識を奪われている訳ではない。

「ううーん……」

もそもそとカレーをかき込み終わると、観念してパソコンを起動した。ワープロソフトを開き、一週間前の続きを表示させる。岡田の話を聞く前までは、この先を書くのがあんなに楽しみだったのに、結局あれから数行しか進んでいない。

「……だめだぁ」

創作のアンテナはちゃんと稼働している。だが今は、その横にもう一本、別のアンテナが立ってしまっているのだ。複数電波を同時受信で処理できるほど、照は器用ではない。

洗い物で気分転換しよう。昨日と同じことを思い付き、空になったカレー容器を持って台所へ行こうとした時、スマートフォンがメールの着信を告げた。

「げ、黒澤さん」

片手にカレー容器、片手にスマートフォンを持って眉をひそめる。黒澤からのメールは「進捗状況を伺いたいのですが、今から電話しても大丈夫ですか」という確認の連絡だった。

三週間の猶予をくれはしたが、一週間刻みの進捗確認は必要と判断したのだろう。さすが照のことを理解している。いつもなら怯えつつも電話に出るのだが、今回は遅れている理由が理由なので、少々勝手が違う。

「きょ、今日はちょっと……また、明日……」

弱々しくつぶやきながらその旨返信し、がっくりとうなだれる。

「……はぁ。だめだ」

洗い物をしても、風呂に浸《つ》かっても、案の定岡田の相談事が頭を離れない。今夜はだめだ、明日の休みに期待しよう。潔く全てを放り投げた照は、布団に潜り込んで目をつぶった。


まあ、当然、明日の照がそれ程有能な訳もなく。

「うぐ……だめだ、一文字も進まねえ……」

休日も結局、カレーを食べてパソコンの前でうなっているだけで終わってしまった。気付けばとっぷり日も暮れている。部屋が暗くなっていることに遅ればせながら気付き、電気を点けた瞬間、スマホから「ジョーズ」のテーマが流れ始めた。

「げっ、そうだった、十九時以降に連絡するって言われてたっけ……！」

昨日、黒澤に「また明日」と返信したあと、すぐにそういう返信が来たのだ。決して忘れていた訳ではないのだが、脳が記憶を拒否していたのである。

そうこうしている間にも、心臓に悪いテーマソングは鳴り続けている。居留守も一瞬考えたが、時間を置いたところで状況を悪化させるだけだ。意を決して通話ボタンをタップした。

『夜分に失礼します、風伝出版の黒澤と申します。テルテル先生のお電話で間違いありませんか』

「あ、は、はい！　テルテルですッ」

社会人なのだから当たり前とはいえ、丁寧な名乗りには毎回意味もなく動揺してしまう。どうでもいいが、担当に呼ばれるのはまだしも、自分で復唱するのはちょっぴり恥ずかしいペンネームだ。長く呼ばれ続けることを考えず、安直に決めてしまったことを後悔してもあとの祭りだが。

『で、進んでますか』

最初の名乗りが終われば、黒澤は単刀直入に切り込んできた。眼鏡の向こうできらめく瞳がありありと見えた。テレビ電話でもないのに、照は視線をさまよわせてしまう。

「あ、あはは｜……」

さすが六年の付き合いだ。延長した締め切り自体はまだ先とはいえ、これだけのやり取りでヤバいな、と勘付かれたようである。

『状況の確認をしたいので、とりあえず、できているところまで送ってもらえないですか』

「いや、ソレもちょっと……」

『なるほど、つまり全然進んでいないんですね』

「さすが黒澤さん!! お目が高い!!」

『……言語センスは相変わらずですね。スランプという訳ではなさそうですが、何かありましたか。例のあなたを作家と認めないバイトに、嫌味でも言われたんです？』

さも呆《あき》れたようにため息をつかれ、ムッとしてしまった。

「ばっ、岡田さんは嫌味なんて言う子じゃねーよ！ 確かに俺が作家だってなかなか信じてくれなかったけど、仕事は真面目にやってくれるし!! 今では風伝出版の場所だって知ってるぐらいだぞ!?」

「……は？　はあ、そうですか」

　その情報は、いまいち黒澤の心に響かなかったようである。ムキになった照はつい口を滑らせた。

「それに、彼女は俺を頼ってくれて……」

『なるほど。詳しく話を伺いましょう』

　照の失言に対しては、黒澤の反応は早かった。うっかり説明を始めかけた照だったが、普段ならするっと流されただろうが、事は照自身だけの問題ではないのだ。

「い……、いやいやいや、だめだめだめ！　岡田さんは俺を頼りにして、店長にも言えない悩みを相談してくれたんだから……!!」

『……なるほど？』

　珍しく、黒澤は本気で虚を突かれた声を出した。

『そいつは驚きました。しかしながら、その相談のせいで、あなたは大事な改稿もままならない程に集中力を奪われている。編集として、見過ごせない事態です。それはお分かりですよね』

　驚きつつも、立て直しも早いのが黒澤だ。むしろ大義名分を得たとばかりにグイグイ来られ、ただでさえ旗色の悪い照はますます逃げ道を失う。

「はい……それは、まあ……」

『なら、やはり、その相談とやらの内容を俺にも話すべきですよ』

「いや、でも……」

『俺が他の人に相談内容をバラすと思ってますか？』

「そんなこと思ってねーよ、黒澤さんはそんな人じゃねーし!!」

思わず大声で怒鳴ってしまってから、敗北を理解する。分かっているのだ、他の誰かに相談できる内容ではないことは。

「分かりました。話します。でも、ほんっとーに、他の人に話さないでくださいね」

『神に誓って』

「無神論者のくせに……まあいいや、実はですね……」

――店の中に、泥棒がいるみたいなんです。

バイト帰り、岡田に打ち明けられた秘密を、渋りつつも照は話し始めた。

――店のロッカーに置いていた私物がいくつか、なくなっているんです。私、怖くて……

スタッフルームに並べられたロッカーに私物を置くことは店側も許可しているのだが、それが盗まれたというのだ。泥棒が出るような店でこれ以上働くのは考えものだが、店長にも言いづらく、困った末に照を相談先として選んだのだという。

「だから俺も、どうするべきか迷っちゃってさ……おかげで全然、原稿に身が入らなくて」

天晴堂書店のスタッフルームはバックヤードの最奥《さいおう》に位置するため、部外者が入り込むことは考えにくい。となると、やはり疑わしきは内部の人間ということになる。

バイトに気を遣ってくれる渡邊の人徳か、常に人手不足ではあるものの、バイトの入れ替わりは少ない職場だ。岡田以外の主婦バイトは、全員照より長く働いている。彼女たちの誰か、あるいは店長夫妻が犯人とは照だって考えたくないが、状況は内部犯であることを示している。

「できれば穏便に済ませたいと、岡田さんも俺も思ってるんだよ。とにかく犯人を見付けないといけないんだけど、バイト中は入れ替わり立ち替わり休憩に入ってるからな。俺がずっと残って見張ってる訳にもいかないし……監視カメラを置くことも考えたけど、岡田さんだけはあそこで着替えることがあるからだめだ。盗撮になっちまう……」

本屋、というか小売業の悲しい現実として、天晴堂書店もたびたび万引きの被害に遭っている。照も過去に何度か捕まえたことがある。周りが引く程に熱い説教をした。

それで改心してくれた者もいるにはいるが、現行犯で取り押さえないと、シラを切ろうとするタチの悪いタイプも多い。その手の輩《やから》に対抗するため、店内のあちこちにはこれみよがしな監視カメラも据え付けてある。しかしながら、女子高生が着替える可能性のある場所に、そんなものを仕掛ける訳にもいくまい。そっちのほうが犯罪である。

「でも、岡田さんが、ようやく俺に心を開いてくれたんだ！　頼ってくれたんだ！　下心抜きにして、これに応えてやれなきゃ年上の男として、愛と勇気と正義を語る者として、情けなさすぎるだろ……!!」

語るうち、照の口調はどんどん熱を帯びていく。黒澤が軽い相槌《あいづち》以外に口を挟まず、静かに聞き入っているせいもあって、思考は独りよがりに暴走し、純化され研《と》ぎ澄まされていく。

物語のクライマックスに近付いている時と似た疾走感。キーを叩く手が追いつかない程に、創造のアンテナはゆんゆんと電波をみなぎらせている。頭の奥に湧き出す光。目まぐるしく行き過ぎる雑多な色彩の先に、真白く浮かぶ、孤高の真実——

「——そう！　そうだ!!　つまり、黒澤さんが悪い!!」

『は？』

それまで沈黙を守っていた黒澤が冷淡な声を発した。

『一応申し上げますが、俺は女子高生の私物に興味ありませんよ』

極めて常識的な反応だった。照もそれに反論するつもりはない。

「分かってる。黒澤さんが岡田さんの私物を盗《と》ったりした訳じゃない。盗んだりしなくても、黒澤さんがほしいって言えば、岡田さんは私物ぐらいくれただろうし……」

『……まあ、そうかもしれませんね』

微妙な態度で黒澤が同意する。やっぱ惚《ほ》れられてると思ってんじゃねーか！　という若干のムカつきにも後押しされ、照は断言した。

「そうだよ！　岡田さんのものを盗んだのは黒澤さんじゃない!!　でも!!　黒澤さんが!!　悪い!!」

常日頃は黒澤に論破されればしおしおと引き下がる照が、かたくなに持論を引っ込めない。ただ駄々をこねているのとは少し違う、本人の中では確固たる芯を持った意見を聞いて、電波の向こうで居住まいを正す気配がした。

『また、いつもの発作ですか。いい加減にしてもらえませんかねぇ。あなたのイタコぶりはご自分の描く二次元世界が対象だから許されるのであって、三次元ではあまり発揮しないほうがいいですよ』

出物腫《でものは》れ物《もの》なんとやら、時には黒澤と話している時にもやって来るヒラメキに取り憑《つ》かれ、怒濤のように今後の展開をしゃべりまくる照には慣れている黒澤だ。それが時には照のインナーワールドを飛び越え、現実世界にまで及ぶことも初めてではない。

ただし、さすがに黒澤が元凶呼《げんきょう》ばわりされるのは初めてである。忠告の声が冷たいのもむべなるかな、というところだが、照だって好きで告発している訳ではないのだ。

「そんなこと言ったって、分かっちゃったもんはしょーがねーだろ⁉　とにかく、黒澤さんが悪い‼」

『あなたは時折、友達が少ないと嘆きますけど……作家になる前から、ちょくちょくこういう状態になったんでしょう？　そりゃなくすでしょうね、友達』

真面目な社会人にしか見えない黒澤であるが、照と同様、想像力が物を言う業界に住んでいる。多少常識離れした展開でも受け止めてくれるが、一般の人はそうではなかろう。むしろ付き合わされて気の毒にと、彼は言いたげだった。

「う、うぐっ……おおおお俺のことは今はいいの！　今は岡田さんのこと！　黒澤さんが原因なんだ、間違いない‼」

図星だからこそ、照は声を張り上げて黒澤を糾弾《きゅうだん》した。黒澤は軽くため息をつくと、

『そうですか。ところでテルテル先生。岡田さんはあなたを疑っているようですけど、

分かってますか？』

逆に尋ねられ、全ての思考が漂白された。

「へっ？」

数秒後、やっとのことで間抜けな声を出せば、黒澤が淡々と説明を始める。

『岡田さんは、あなたが私物を盗んだと疑っている。だから店長にも言わず、大して親しくもなければ親しくするつもりもないあなたへ、相談という形で遠回しに自首を勧めているんだと思いますけど』

「……えっ、なっ、なんで⁉　違う、俺、そんなの考えたこともないよ‼」

訳が分からない。ほんのり岡田との未来を夢見ていたのは事実だ。だからこそモテ男黒澤の無味乾燥な態度に腹を立てていたのだ。

それなのにどうして、疑惑の眼を向けられねばならない。好きな子のリコーダーを盗んだ変態みたいな嫌疑をかけられねばならないのだ。

「俺は誰よりも岡田さんの幸せを願ってるんだぞ⁉」

『そうでしょうよ。あなたは作風と性格が一致している作家だ。いくら女子高生との接点に浮かれていても、誰よりも愛と勇気と正義を語るテルテル先生自身が、そのような真似を許さないでしょう』

照の口癖を使って、黒澤はあっさりと肯定してくれた。

「当然だ！　そんなことする訳ないだろ!!」

『ええ、俺は存じています。あなたは締め切りを守らない以外はいい人ですからね。締め切りを守らない以外は』

「そっ、そうだ！　俺は締め切りを守らない以外は、いいやつだぞー!!」

胸の痛みを無視してヤケクソで肯定すれば、流れるように追撃が決まった。

『何の証拠もないのに、長年連れ添ってきた担当編集を悪者呼ばわりしますけどね』

「うぅっ」

さすが長年連れ添った担当、確実に急所を打ってくる。心から彼には悪いと思っている、思っているのだが、

「う、でも……今回の件はやっぱり、黒澤さんが悪いと思う……悪いというか、原因というか……」

それでも、黒澤より長く付き合ってきた心のアンテナは裏切れないのだ。過去にも何度か、この神託めいた発言で人間関係にヒビを入れて来たが、黒澤も知ってのとおり照に腹芸はできない。特にこの手のヒラメキに関しては、取り下げることができないのだ。

それをよく知っている黒澤は、否定することなく話を続けた。

『なるほど。そこまで言うからには、俺が原因であると考えた理由について、詳しく説明していただきましょうか？　テルテル先生』

「え……えー、と」

それまでは懸命に食らいついていた照の勢いがいきなり減じた。

「いや、今黒澤さんに状況を説明する過程でピーン！　と閃《ひらめ》いたんで……詳しい説明はちょっと、難しいんだけど……」

しどろもどろに言い訳をするものの、さすがにこれで黒澤を納得させられるとは思えない。彼を元凶呼ばわりするに足る理由を、必死にひねり出そうとする。

「でも！　でもッ、黒澤さんが悪いんだよ！　黒澤さんがバイト先に来なければ、今回のことは起こらなかった！　それは間違いない!!」

ひねり出してもコレである。黒澤も期待はしていなかったようだ。

『そうですね。あなたが締め切りを守って大傑作さえ書き上げてくれれば、俺だって毎回顔を出して威圧せずに済むんですけど』

「うぐ……ご、ごめんなさい……」

返す言葉もございません。素直な謝罪を聞いて、黒澤の気も済んだようだ。

『まあいいですよ。長い付き合いですからね、分かってますよ。説明は結構。オチだけいただきます、先生』

聞き慣れた口癖をつぶやく声には、先程までの照と似て非なる確信が満ちている。

『あなたの推理というか、天啓だけは毎回正しいですからね。今回もそうだと仮定すれば、なんとなく見えてきました。ある意味、俺が悪いと言えば悪いんでしょう。それじゃあ早速、打ち合わせといきましょうか。まず、岡田さんの下の名前を教えてください』

黒澤を元凶呼ばわりした二日後の午後、照はいつものように天晴堂でバイトをしていた。本日は岡田とシフトが被っているので、彼女も店内にいる。お客さんに本の在処《ありか》を聞かれたらしく、連れ立って店の奥のほうへ行くのを先程見かけた。

確か、今日だったよな。そんなことを考えながらレジで発注書の記載をしていると、来客を告げるベルが鳴った。

「いらっしゃいませー!!」

顔を上げて元気な挨拶。そこまではどの客にも同じ対応をする照であるが、入ってきた人影を認めるなり一瞬顔が引きつった。

年齢は店長の渡邊と同じぐらいだが、彼と違ってこなれたスーツを洒脱《しゃだつ》に着こなしている。知的でお洒落《しゃれ》なおじいちゃん、といった風情のこの人物の名は灰島仙人《せんと》。真ん中文庫編集部の編集長だ。黒澤の上司であり、照にとってももちろん大事な相手である。

「……えーらっしゃいませぇー!!」

にもかかわらず、照は型通りの挨拶で済ませた。なぜかというと昨日の夜に黒澤から電話があって、そうするよう指示されたからだ。

大丈夫？　俺、編集長を無視する作家みたいになってない？　今後の仕事に影響ない？　ハラハラする照であるが、灰島はしれっとした顔で照の前を通り過ぎた。元々は文芸畑で長く、ちょっと浮世離れした雰囲気があることに加え、彼もまた黒澤から照をただの店員として扱うよう指示されているのだろう。

照が知る限り、灰島が天晴堂を訪れるのはこれが初めてだ。物珍しいのか、あちこちキョロキョロしながらブラブラと店内を歩く彼の背を、照は見送ることしかできない。黒澤が一連の指示に含まれた意味をまるで教えてくれなかったからだ。

『教えると、腹芸のできないあなたはオチ以外をぶち壊しますからね』

ものすごく心当たりがあるので、何も言い返せなかった。なにせこちらは、長年連れ添ってくれた編集者を諸悪の根源呼ばわりした身である。灰島に知らんふりをする以前の問題だ。今後の仕事への影響が懸念される。

「黒澤さんに、何か好きな物でも送っておこうかな……あっ、俺の完成原稿だ……無理……」

と、気を揉《も》む照の前を灰島が通り過ぎていった。

「……あれ？」

灰島が店内にいたのはせいぜい五分。中をぐるっと一周し、そのまま出て行った程度しか時間は経過していないではないか。

ますます訝《いぶか》しむ照に黒澤が改稿済みの推理を披露してくれたのは、バイトが終わってマンションに戻ってからだった。

「こんばんは、岡田さん。遅くまでお仕事お疲れ様です」

「い、いえッ！」

ぴんっと背筋を伸ばして黒澤の微笑みに応じる岡田。その横で照は、彼らしからぬ世の無常を噛み締めた顔をして突っ立っていた。

灰島がなぜか店に来た翌日のバイト上がりである。昨日と今日は岡田とシフトが同じだったのだが、盗難被害の件について岡田は意味ありげな視線をくれるだけで自分からは口火を切らず、照も特に何も言わなかった。黙々と仕事に勤しみ、今日は展開がないと諦めた様子の岡田とさり気なく歩調を合わせ、いつものように店の裏で待ち構えていた黒澤と鉢合わせするように仕向けたのである。

「あ、あれ、でも、どうしたんですか……？　今日の昼間は、来てなかったですよね……？」

そうなんだよね、と心の中で照は相槌を打った。岡田さんに警戒心を抱かせないためにね。

「ええ、そうです。今日は岡田さん、あなたに用事があったので」

「えっ」

岡田の眼がある期待を込めて輝いたが、黒澤は露程も表情を動かさない。

「若い女性をあまり遅くまで引き留める訳にもいきませんからね。さっさと本題に入ります。あなた、テルテル先生に私物が盗まれたなどと相談していたそうですね」

にわかに岡田の眼から輝きが消え、細い肩がワナワナと震え始める。

「嘘……白川さん、店長にも言えない話を、よりによって部外者の黒澤さんにバラしたんですか……？」

「ご、ごめんなさい、岡田さん！　でも、正直俺だけじゃ解決できないと思ったんだ。原因が黒澤さんだってのは、分かったんだけど……!!」

迫力負けした照が必死で抗弁すると、岡田の表情にさざ波が走った。それを見逃す黒澤ではない。

「図星って顔しましたね。テルテル先生は、いつもこうなんです。合間の推理を全部すっ飛ばして、いきなり核心だけを突いてくる……」

作風と全く同じです、と肩をそびやかす黒澤はちょっぴりドヤ顔である。

「ただ、核心しか突かないので、説明の補足が必要なんですがね。ま、かの有名な電波坊主の担当編集としては、通常業務の範囲です。それでは、オチだけ見事な初稿を、さくっと推敲《すいこう》していきましょうか」

照を示すネットスラングを口にした黒澤は改めて岡田を眺めやる。ただでさえ青白い街灯に照らされた彼女の顔は、今や病人のそれだ。

「私物が盗まれたなんて嘘でしょう？　岡田さん」

ズバリと言い切られ、隣の照までびくりと身を縮めてしまった。

「テルテル先生のおっしゃるとおり、確かに俺が天晴堂に来たのが悪かったんです。イケメン大好き、面食い女子高生バイトがいるところなんかへね。あなたはずっと、俺に気がある素振りを見せていましたから……分かりますよ、俺の気を引きたかったんですよね？」

モテる男の哀愁を漂わせ、黒澤は語る。聞いていた展開とはいえ、照の胸は千々《ちぢ》に乱れた。よもやそんな理由で、自分の純情を踏み台にされたとは。

「くそっ、女の子はやっぱり、顔がよくて性格の悪い男が好きなのか……！　だが、男だって顔がよくて性格の悪い女の子にときめいてしまう時は正直あるしな……!!」

悲しいが、悔しいが、それを理由に女の子を恨むのもまた、照のポリシーに反するのだ。ここで涙を飲むのが侠気《おとこぎ》というもの、お天道様は見ていてくださる、きっと今後いい出会いがあるに違いない。ていうか、俺の作品内ならそうしてやる……！　と心に誓った瞬間だった。

「違います。そんな低俗な理由でやったんじゃない!!」

あのおとなしい岡田の喉から出たとは思えない叫びが爆発した。いつか見た犬がギャッとうめいて路地に引っ込んでいく。

「でしょうね」

照も一緒に飛び上がったというのに、黒澤は涼しい態度を保っていた。

「俺の見た目が気に入った。だから初めて店で遭遇した日のバイトが終わったあとも、テルテル先生を待っている俺と会いたくて帰る時間を合わせた。筋は通りますが、まずあの日、俺たちは互いの顔を見ていません」

「……あ」

言われて照は、当初の説明とまるで違う展開であることも忘れて記憶を辿る。

「そういえば、そうか……黒澤さんがレジに来る前に、俺と岡田さんは交代した。会計の最中も、ずっとレジに背を向けて平台の整理をしてたよな……」

照の情けない姿を見られない状態であることを確認し、ラッキーと思った記憶がある。ということは、照と正対していた黒澤の顔も見えなかっただろう。

岡田と黒澤の話をした記憶があるが、彼が店を去ったあとの話だった。超展開が多いと揶揄《やゆ》されがちな照の話ではあるまいし、顔も見ていないのに顔に惚れられる訳がない。

「でも、近くにはいたもんな。声フェチとか、スーツフェチって可能性も……」

「となれば、彼女の目的は俺の見た目じゃない」

勘繰《かんぐ》る照を無視して、黒澤は視線で岡田を縛り付けたまま続ける。

「では何か？　俺が容姿以外に開示している個人情報は、領収書を切ってもらうために提示した名刺です。出版社に勤める編集者という属性に、彼女は接触を求めている。その上で、俺の担当であるテルテル先生を貶《おとし》めようとしているところから、動機はおおよそ見当が付きます」

スラスラと話が進むうちに、逃げられないと悟ったのだろう。強張《こわば》っていた岡田の表情は、開き直りへと移行しつつあった。

「――なんで白川さんなんかがデビューできたのか、分からない」

「なるほど。あなた、作家志望なんですね」

さもありなんと、黒澤はうなずいた。

「道理でうちの会社の場所なんてご存じだと思いました。本は出版社が直接本屋に卸している訳じゃない。取次が間に入るのに、本屋でバイトをしているからといって出版社の場所を覚える必要はないですからね」

あっ、と照は小さな声を上げた。岡田の熱心さを誇るために教えた情報から、黒澤は彼女に違和感を覚え始めていたのだ。

「最初は年若い作家なのかと思いましたが、失礼ながら本名で調べさせていただいてもヒットしなかった。名字は平凡ですが、お名前はちょっと珍しいので、データベースにあれば分かると思ったんですが」

「悪かったわね！」

自分でもキラキラネームに思うところがあるのだろう。岡田が少し顔を赤くして言ったが、黒澤は意に介さない。

「ところがうちの編集長が、あなたの名前を覚えていましてね。やはり珍しい名前はインパクトが強い。キャラクターの命名規則として、平凡な名字と非凡な名前の組合わせはバランスがいいとも……まあ、創作論は置いておきましょうか」

また岡田が何か言う前に、黒澤は本題に入った。

「岡田さん、あなたは文芸雑誌の新人賞について不満があると、編集部に怒鳴り込んで来たことがあるでしょう？　俺はその時いなかったんですが、お相手を務めた編集長があなたのことを覚えていました」

意味ありげな視線を寄越されて、岡田がさーっと青ざめた。

灰島は現在真ん中文庫編集部に属しているが、風伝出版は同じビルの同じ階に全ての編集部が入っている。岡田が襲撃してきた際、たまたま文芸編集部が出払っていたために、昔取った杵柄《きねづか》で灰島が相手をしたのだそうだ。そのため岡田について調べる黒澤へ、「あれ、その子、また突撃してきたの？」と声をかけてきたのである。

「念のために昨日、編集長にこちらまでご足労いただきまして確認してもらいました。間違いなく、あの時の彼女だとおっしゃいましたよ」

「ああ！　だから灰島さんは、店の中をぐるっと一周してから帰っていったのか!!」

岡田の顔を確認するだけなら長居の必要はない。逆に長居すると、岡田に気付かれて怪しまれてしまう。やっと得心がいった照を睨みつけ、羞恥に顔を染めた岡田は
「こ、個人情報漏洩《ろうえい》!!」と叫んだ。

「私が新人賞に応募したことを、よりによって白川さんの前でペラペラしゃべるなんて……！」

「勘違いしないでください。俺はあなたが新人賞の件で怒鳴り込んできた、としか申し上げておりませんよ。ですが、あなた自身が賞に応募したことを認め、その上で編集部に来たと考えると、理由は大体見当が付きますねぇ」

素知らぬ顔で受け流されて、最早《もはや》どうにもならないと分かったらしい。岡田は完全に居直りモードだ。

「……ええ、そう。私はいずれ作家になる予定なの。残念ながら、まだデビューはできてないけど、でも、少なくとも文章力に関しては、白川さんより断然上だと思う」

事もなげな黒澤の指摘に、平然とした岡田の受け答えに、照は再び驚愕《きょうがく》する。だか

ら彼女は、棚差し分さえ在庫のない照が本当に作家なのかと疑い、なかなか信じてくれなかったのだ。……曲がりなりにもデビューしている照を、妬《ねた》んでいたのだ。

しかし、岡田が認めがたく思っていても、彼女と違って照は正真正銘の作家だ。今年はまだだが、去年は二冊本を出版している。六年連れ添った編集者だってここにいる。俺が君の嫌がらせに負けて締め切りを破らないよう、尽力してくれてるんだぜ!!

「それは否定しません。正直テルテル先生の文章力は高くない。語彙も少ない。筆がノリすぎていると、俺にも何を書いているかよく分からなくなる」

「黒澤さーん!?」

自覚はしているし、校正でも再三指摘されることであるが、今言うべきことではないだろう。悲痛な声で突っ込む照を尻目に、黒澤は動じない。

「ですが、そういうものは、校正と編集である程度補えますからね。この人の武器は突飛《とっぴ》すぎて俺もたまに置き去りにされる発想力です。これは天性の才能で、誰でも勉強すれば身に付けられるというものじゃない」

「く、黒澤さん……」

やっぱり黒澤さんは、最高の編集者だぜ……! あっさり手の平を返す照にチラリと微笑んでみせてから、黒澤は畳みかけた。

「文章力を武器にするのも結構ですが、特にエンタテインメント系の作品を好む読者さんにとっては付け合わせに過ぎません。メインはやっぱり、キャラとストーリーなんです。付け合わせがいくら美味でも、メインの厚切りステーキにたっぷりソースをかけて出せる作者には勝てない。……売れないいんですよ」

ほんの少し、その眼に同情めいた翳《かげ》りが過ぎった。

「文芸はエンタメ系とは評価基準が違う、と言いたげですね。ですがテルテル先生のことを抜きにしても、応募作に対する講評を読んだでしょう？　俺もあなたの応募作を拝読しましたが同じ意見です。文章力こそ水準以上ですが、発想力は凡庸《ぼんよう》だ。デビューは難しいでしょうし、仮にデビューしても、長く本を出せるとは……」

「分かってる、そんなの‼」

先程の照以上に悲痛な声が岡田の声帯から迸《ほとばし》る。黒澤が口にするような言葉は百も承知なのだろう。それでも何かの間違いではないかと、編集部に突撃をカマしてしまった痛みは、真ん中文庫に拾われるまで落選を繰り返してきた照にとっても他人事ではない。

「でも、白川さんの本だって、今店にないし！　そんなに売れてないんでしょう⁉」

「うぐっ」

共感したのに!!　とショックを受ける照の、できたばかりの傷口に黒澤が第二撃を放った。

「……ま、それも事実ですね。テルテル先生の発想力は一部の読者さんには強烈に刺さりますが、それ以外への訴求力は弱い」

「黒澤さ――――ん!?」

乱高下する評価に悲鳴を上げる照であるが、黒澤は平気なものだ。

「ですが、いずれ爆発するだけのポテンシャルはある。そう確信しているからこそ、俺はこの人に期待して、せっせとプレッシャーを与えているんです」

最後にもう一度持ち上げてから、目をキラキラさせている照を尻目に岡田へ確認を取った。

「岡田さんは、俺に、というか、編集者に期待されているテルテル先生に嫉妬して、こんな真似をしたんですね」

「……おとなしそうな女子高生ってだけで鼻の下を伸ばしてるような売れない作家に、現実を見せてやりたかっただけ」

苦虫を噛みつぶしたような顔で、岡田は吐き捨てた。さすが文章力なら照より上だと豪語するだけはある。確実に急所を突いてきた。

男としても作家としてもプライドは満身創痍《まんしんそうい》である。さすがに言い返したい気分にはなった。

「う、うう……」

それでも、男としてはとにかく、作家として手放してはならないものがある。愛と勇気と正義を語る、岡田の憧れの立場を得たものとして。

「いや……いいんだ……俺が岡田さんを色眼鏡で見てしまったのは、事実だし……」

岡田を低く見たつもりはないのだが、自分でも付き合えるのではないか、という目で見るのは、女性からしてみれば低く見積もられたも同然だろう。情けない。

やっぱり俺には恋愛ものとか荷が重い。でもいいんだ、俺は愛と勇気と正義とカクニャンの可愛さの伝道師なんだから。

「あのっ……それじゃ、俺、帰るから！　岡田さんには気に入ってもらえなかったみたいだけど、俺の作品にだって、待ってくれている人がいるから……！　ごめんね、もうベタベタしないから！　ほんとごめんなさい!!　それじゃ、岡田さんも早く帰りなよ！」

これ以上この場にいると、互いを傷付け合うばかりだ。明日からのバイトでもまた顔を合わせるのだから、さっさと切り上げるべし。そう判断した照は、一目散に家へ向かって駆け出した。

「……白川さん……」

さすがに感じるものがあったのだろう。胸が詰まったような表情をして見送る岡田に、黒澤は深々と頭を下げた。

「ありがとうございます、岡田さん。あの人を思いきり凹ませてくださって」

「え？」

泣きべそ寸前だった照とは対照的に、普段表情の薄い黒澤の顔には極上の笑みが浮かんでいる。

「あの傷付いた顔を見ましたか？　ああいう表情をした時のテルテル先生は、悲しみのあまり現実逃避したがるのか、物語との波長が合いやすくなり……大変いい話を書きます。締め切りを延ばした甲斐《かい》があるというものです。いやあ、楽しみだな」

臆面もなく言い放った黒澤に岡田は絶句している。ショックを受けている彼女を見返し、黒澤はフフンと鼻を鳴らした。

「ついでに申し上げておきますが、作家ではないなら作家志望の可能性もあると思って検索したところ、あなたの投稿作はちゃんとヒットしました。応募者の情報も数年間は保存する決まりですので。ですが、それをこちらが迂闊《うかつ》に口に出すと、それこそ個人情報漏洩ですからね。おかげで灰島編集長まで引っ張り出すことになってしまいましたが、うまく話を進めてくださってありがとうございます」

重ねて礼を述べるも、当然のことながら岡田はあまり嬉しくなさそうだ。引きつったその顔を見つめ、黒澤は小気味よさげに微笑む。

「なんですか？　怯えた顔をして。しょせんは編集者なんてこんなものですよ。法律に触れない範囲で作家にいい話を書いてもらう、そのためでしたら手段を選びません」

くだらない茶番を片付けに出て来たのも、全ては優れた作品を生み出すため。この黒澤育郎が見込んだ作家の、秘めたポテンシャルを遺憾《いかん》なく発揮させるために。

「言っておきますが、作者の事情などまるで知らない読者さんの批評のほうが容赦がないですからね？　それでもよければ、デビューを目指してがんばってみてください。文芸は読者の心地よさを追求したエンタメではなく、作者の剥《む》き出しのエゴが光る分野。今回のなりふり構わなさを前面に押し出せば、イケるかもしれないですよ？」

駄目押しの一言を放った黒澤は、彼にしては大層上機嫌な表情で編集部に向かって去っていったのだった。

第二話　作家探偵は愛を信じてる

楽あれば苦あり、と古《いにしえ》の賢人は口にしたという。現代に生きる白川照《しらかわてる》もいい言葉だと思っている。時々使う。苦あれば楽ありのほうが使うかもしれない。

「そうでも思っていないと、やってられない時もあるしなぁ……」

仮にも作家として、愛と勇気と正義を綴《つづ》る商売をしているからこそ分かる。運は定量制ではなく、嫌なことポイントを貯《た》めればラッキーと引き換えてくれる訳ではない。つらい現実に耐えていればいつかは、なんて、疲れた心にかける麻酔に過ぎないのだ。らしくもなく気持ちが下降しっぱなしである。普段は傷付きやすいが立ち直りも早い照にしては珍しい現象だ。その理由が分かっているからこそ、余計に悪循環が長引いている。

いやいや、たとえ麻酔に過ぎなくても、運が巡ってくるまで自分を奮い立たせる力にはなるっしょ!!　無理やり気合いを入れ直しつつ、ため息を堪《こら》えて店名がプリントされたエプロンの紐《ひも》を解《ほど》いていると、店長の渡邊《わたなべ》が近付いてきた。

「白川くん、十連勤お疲れ様！」

「……どーもー……」

天晴堂《あっぱれどう》書店でのバイトが終わった午後八時。穏やかな初老の男性である渡邊に罪はないものの、虚《うつ》ろな声しか出せない照である。

いくらまだ二十代の若者とはいえ、本屋のバイトは重たい紙の本を扱う都合上、イメージよりも肉体労働が多い。それを十日連続というのはきつい。本業が作家という大変に自由な職業であることを生かし、短時間ではなく正社員と同じレベルで働いているから尚更《なおさら》だ。

ただし照がこのように疲れきっているのは、決してバイトがしんどいせいだけではない。むしろ肉体の疲れより、精神の疲れが勝《まさ》っている。正確に言うと、意図せぬことはいえ、他人を傷付けてしまった罪悪感がゆるゆると首を絞め続けているのだ。

そうとは知らぬ渡邊は、いかにも好々爺然《こうこうやぜん》とした顔をしゅんとさせた。

「ごめんね、人手が足りなくて……岡田《おかだ》さんが辞めちゃったのは、やっぱり痛かったよなぁ」

「うっ」

いきなり即死級の一撃が腹を抉《えぐ》っていった。数日前に突然バイトを辞めてしまった

岡田美夢《みむ》と照の事情を知らない渡邊は、照の態度を自分の推測が当たったゆえと解釈したようである。深々とため息をついて、

「学生さんだからね。時間が限られるとはいえ、丁度《ちょうど》主婦の人と入れ替わってくれていたから、助かってたんだけど……やっぱり若い子には、想像よりキツかったのかな。力仕事は、あんまり任せないようにしてたつもりだったんだけど……」

「そ、そうですね……キツかったかなぁ、やっぱり……」

地味でおとなしい見た目とは裏腹に、作家への複雑な感情を抱えていた岡田。自身もデビューを目指していた彼女は、照ごときが憧れの職業に就き、担当がしょっちゅう顔を見せに来ることへ嫉妬していた。そのために照が自分の私物を盗んだと嫌疑をかけ、自主的にバイト先から追い出そうと企《たくら》んでいたのだ。

その目論見《もくろみ》は照のある「能力」と、岡田が羨《うらや》んだ担当のタッグにより阻《はば》まれた。照は別段誰かにこのことを話すつもりなどなかったのだが、プライドの高い岡田は優しい沈黙にかえって耐えられなかったのだろう。自分のほうがバイト先から逃げ出してしまったのである。

「白川くんは残念だったね！　岡田さんのこと、狙ってたんじゃないの？」

ニヤニヤと、渡邊が肘《ひじ》で小突いてくる。

「えうあっ⁉　えっ、俺っ、そんなに露骨でした⁉」

「うん、丸分かりだった。他の人に不親切とか、愛想が悪い訳じゃあないけど、岡田さんには隙《すき》あらば話しかけてたし」

「そ、そう、ですか……」

さり気なく距離を縮めていたつもりだったのだが、はたから見ればとっても分かりやすかったようだ。胃が痛くなってきた。

「いやー、実は毎日うちの奥さんに、セクハラになってないかな？　大丈夫かな？　って相談してたんだよね。最近厳しいからさぁ。奥さんのジャッジでは、分かりやすいけど不愉快なラインじゃないし、まあいいでしょうってことだったけど」

改めて渡邊がバイトに気を遣ってくれる、いい店長であることを再確認したが、それはそれとして冷や汗が止まらない。

「……あーそ、そうですね……下心は……ない、とは言い切れませんでしたが、無理強《じ》いする気はなかったんで……それでも、相手にされませんでしたけど……」

今振り返ると笑止の極みだが、照は岡田の胸中など知らず、滅多《めった》にない女子高生との触れ合いに心躍《おど》らせていたのだ。恥ずかしい。セクハラ疑惑で追い詰められなかっただけ、まだマシだったかもしれない。岡田には申し訳ないが、彼女と顔を合わせずに済むことには、ありがたい面もあった。

「ははは、そうだね」

あっけらかんと渡邊は相槌《あいづち》を打った。照の手前、わざとそうしてくれている面もあると理解している。いい店長すぎて涙が出そうだ。

しかし渡邊がいい店長であればある程、ここから岡田を追い出してしまったのだと感じてしまい、照は罪悪感で胃を痛めるのであった。おかげで好きなカレーが食べにくいったらない。特に香辛料マシマシの辛いやつはだめだ、弱った胃壁にものすごく染みる。

もちろん渡邊はそこまで知らないので、辞めてしまったものは仕方がないとばかりの笑顔になった。

「ま、元気出してよ。楽あれば苦あり！　あ、逆だアハハ。とにかくね、求人雑誌に依頼するから、また若い女の子が来てくれるかも。もっとも俺としては、白川くんみたいに制約なく働いてくれる、若くて力の強い男の子に来てほしいんだけどね！　フレンドリーな子だとベストかな。岡田さん、正直あんまり愛想がなくて、他のバイトとも馴染《なじ》んでる様子がなかったし」

「いや、俺も同年代の男のほうが気が楽なんで、ぜひそうしてください……」

照以外のバイトは主婦ばかりの職場だ。だから一層、女子高生とワンチャンないかと夢を見てしまった結果がご覧の有様である。現実での恋は、作家として大成し、めでたく専業作家になってから考えたほうがいいだろう。

「そうだねぇ。作家って、同年代の男友達も作りにくいんだっけ？」

「作りにくいっていうか、どうしてもこの年になると、作家みたいな自由業と一般の会社勤めのやつってスケジュールが合わなくなるんですよね。シフト制で働いてる友達もいますけど、大体はカレンダーどおりの休みだし」

話が逸《そ》れてきたことにほっとしながら、照はしみじみと語り出した。これはこれで、常日頃から憂えていたことである。

「それに俺、会社勤めの苦労をしたことがないから、グチを言われてもピントのずれた相槌を打っちゃう時があるみたいで……気まずくなることも多いんですよね……」

お前は社会の厳しさが分かっていないと、酔った友人に絡《から》まれたことは何度もある。もっとも向こうも作家の厳しさを分かっておらず、何を言っても「好きなことを仕事にしたんだから我慢しろ」と説教されて大喧嘩《おおげんか》。楽しい酒の席がパーになる、ということを何度か繰り返していた。

ただでさえ照は、岡田を追い出してしまった例の「ヒラメキ」のせいで友達が少ないのだ。昔から物書き志望で、暇《ひま》さえあれば執筆に勤《いそ》しんでいたこともあってとっても少ない。

「そうだなあ。白川くんって、ちょっと浮世離れしたとこあるからね。ちょっとね。ほんのちょっとだけ。作家としてはいい素質だと思うんだけど」

「いいんですよ、店長。気を遣ってくれなくても、俺はバイトを辞めたりしませんから……」

この上、照まで逃す訳にはいかない。そんな気持ちを感じ取った照は、力なく笑って先手を打った。いつかは専業になってバイトを辞めようと思いはすれど、いつかはいつか。照の部数と印税収入では、まだ遠く彼方《かなた》に霞《かす》む未来の夢である。

「ははっ、ありがとう！　そうだな、それに白川くんには黒澤《くろさわ》さんがいるし!!」

「黒澤さんは友達って訳じゃないんですけど……まあ、そうですね。いい担当さんだと思います」

黒澤育郎《いくろう》は照がデビューした時からずっとお世話になっている担当編集者である。一見眼鏡《めがね》の似合う、いかにもなエリートビジネスマン。中身も自他共に厳しく、ゆるふわしたところのある照を冷厳と締め付けている。特に締め切りについては厳しくて、進捗《しんちょく》が思わしくないと悟れば、天晴堂にも足を運んでプレッシャーをかけてくる徹底ぶりだ。

だが、彼は厳しいばかりの担当ではない。そもそも黒澤が圧をかけてくるのは、照が締め切りを守れないからだ。天啓のようなものが降りてこないと書けない、イタコ作家である照に辛抱強く寄り添い、お人好しが過ぎる照の心乱す事件あらば解決に手を貸してくれる。正《まさ》に担当の鑑《かがみ》！

この間の岡田の件も、黒澤が介入して来なければ今頃バイトを辞めていたのは照だった可能性大だ。せっかくイイ感じに進んでいた原稿も途中放棄になっていたかもしれない。神様仏様黒澤様、は大袈裟《おおげさ》だが、それに近い感謝の念をひっそりと噛《か》み締めている照だった。

ただ、なぜか辞める挨拶《あいさつ》をしに来た岡田が、微妙に気の毒そうな視線をくれたことは印象に残っている。

「でも、最近黒澤さん、来ないよね。大丈夫？　仕事、切られてない？　まだちょっと早いけど、お中元とか贈ってみる？」

心配そうな眼《め》を向けられ、照は猛然と首を振った。

「き、切られてないです！　ていうか、あの人がやたらと店に来るほうが、切られる可能性大ですから!!」

渡邊どころか照も感覚が麻痺《まひ》しつつあるが、編集者が作家のバイト先にやたらと顔を出すのは決して正常な状態ではない。

編集者は芸能人のマネージャーではないのだ。原稿の催促も仕事の内とはいえ、普通は電話かメールで尻を叩《たた》くのが精々《せいぜい》だろう。律儀な黒澤は忙しい時間帯を外す、必ず一冊本を購入するなどの気は遣ってくれているが、店の負担が軽減する分、黒澤の負担は増大している。

一般企業に入社した友人にはなかなか理解してもらえないが、出版社だって商売である。黒澤は個人の道楽で照に肩入れしている訳ではない。収入と支出が釣り合わなくなれば、仕事の縁を切られてしまう危険性が高くなるのだ。

「それに、明日は図書館で会う約束をしてるんで……」

「すごいな、図書館にまで催促しに来てくれるんだ」

「違いますったら！　初稿はもう渡してます‼」

なぜ黒澤が最近来ないかと言えば、答えは簡単。照が原稿を提出したからなのだが、渡邊は納得しきれない顔である。

「あれ、でも、初稿、だっけ。最初に書き上げた段階の原稿を渡したせいで怒られてなかったっけ？」

いい店長は記憶力もいいのであった。

「あ、あれは出来が悪かったんで、初稿とも言えないものだったんですよ。ですが色々あって、ビシッと！　物語の門が開きましたから!!　書き直して提出した分を正式な初稿として、黒澤さんからOKももらってます!!」

岡田との一件が解決したあと、悲しみに研《と》ぎ澄まされた照の感性は冴えに冴え渡った。苦あれば楽あり、昔の人は偉い。黒澤にキレられた原稿の改稿は、我ながら会心の出来映えだった。

『これですよ。これがほしかったんです、テルテル先生！』

いつも冷静沈着な黒澤も、電話の向こうで興奮した様子だった。久しぶりに褒《ほ》められて照の気持ちも持ち上がった。その翌日に渡邊より、岡田が辞めると聞かされるまでの話であるが。

「あれ、そうなの？　それじゃただ、図書館で遊ぶ約束をしてるの？」

「いや、プライベートで遊ぶほど仲よくないんで……初稿は渡してますけど、まだ改稿が残ってますから」

「あれ？　初稿はOKをもらってるのに、さらに直すの？」

「ま、まあ、そうですね。あくまで全体の流れがOKってだけなんで……」

初稿至上主義、誤字脱字以外の直しを許さない大作家も世の中には存在するらしいが、照は到底そのレベルにない。自分でもヒラメキに溺《おぼ》れきった文章は誤字脱字以前に支離滅裂で、辻褄《つじつま》合わせに毎回嫌な汗を掻《か》くのだ。もちろん作品の核の部分は絶対に譲れないが、単純な間違いも多いので、そこは第三者が冷静に判断してくれたほうがいい。「一般の方はあなたの電波を受け止めるだけで精一杯なんですから、それ以外のところは優しくしてください」とは黒澤の弁だ。

「とにかく、改稿はしないといけなくて、それに必要な資料を調べに行くんですよ。この間の打ち合わせでその話をしたら、黒澤さんも久々に図書館に行きたいって言い出して、進捗確認がてら会いましょうって言われたんで」

「なんだ、やっぱり図書館まで催促しに来てくれるんじゃん」

「違います！　繰り返しますが、初稿はOKが出てるんですから！　これは九割の作業が終わっていることを意味します！　大丈夫ですから!!」

どれだけ信用がないのだ。何も心配はいらないと、照は毅然《きぜん》と胸を張った。

渡邊と不毛なやり取りをした翌日の午後一時手前、照は近所の図書館の前に立っていた。

　バイトの行き帰り以外に出歩かない身でボンヤリと春の日差しを浴びながら突っ立っていると、脳味噌が日だまりに溶けてしまいそうだ。そろそろ岡田とのアレコレで受けた心の傷も癒えてきているため、胃に心地よく溜《た》まっている昼食のカレーのせいでもあろう。

「あー、ぬくーい……今日は上着なしで正解だったな……でも黒澤さんは、毎度のスーツだろうなぁ……」

　自由業の気楽さで、照の服装は大学生の頃とあまり変わらない。ジーンズに上はパーカー、もしくは薄手のセーター、もう少し暖かくなってくればTシャツだ。対して黒澤の服装は、初めて顔を合わせて以来、一貫してスーツである。

　決して同じ服という訳ではない。彼なりのこだわりによって選び抜かれた逸品《いっぴん》らしいのだが、色味に遊びがないので、スーツを着ない照には全部同じに見えてしまうのだった。

「いっそ赤とか白とかにしてくれれば、違いが分かりやすいのに……」

　くだらないことを考え始めた直後、ブルーグレイのスーツを着た男が近付いて来て、軽く会釈してくれた。

「こんにちは、テルテル先生。今日は時間どおりですね」

黒縁《くろぶち》眼鏡の縁をキラリと光らせた黒澤は、相変わらずの涼やかな佇《たたず》まいだ。本日は初稿もＯＫが出た自由の身、なんらやましいところはないはずなのだが、黒澤の顔を見ると条件反射で身が引き締まる。この人の私服ってどんな感じなんだろう、案外クソださいセーターとか着てたりしてるんじゃ……などという邪念を振り払い、普段どおりの口調を装った。

「まあ、そりゃ……俺んちから徒歩で五分の距離だしな」

待ち合わせにはあまり遅れたことのない照であるが、ここでそのように反論すれば、「締め切りの話ですよ」とか言い返されるに決まっているのだ。反論は慎重にする必要がある。

ただし黒澤にその気があれば、どんな状況からも皮肉は飛んでくる。この六年で、それだけは学習済みだ。内心照は身構えていた。

しかし本日の黒澤は、照の原稿の出来にご満悦であるらしい。

「図書館が近くにある、というのは作家としてすばらしい幸運です。やはりあなたには、周囲に恵まれる運がある」

珍しく持ち上げられて、面映《おもは》ゆい思いをしながらも照は素直に受け取った。正確に言うと、黒澤自身を筆頭に周りの人々を褒められている気はするが、それはそれで嬉《うれ》しい。自分によくしてくれる人たちには、常に感謝を覚えているからだ。

「……まーね。黒澤さん、ていうか真ん中《まなか》文庫編集部に拾ってもらったのは、本当にラッキーだったと思ってる」

照のデビューはいわゆる拾い上げというやつだ。受賞には及ばないが、光るものアリと認められて担当が付いた。

以来コンスタンスとは言えないものの、年に何冊かは真ん中文庫でシリーズを発行できている。他の賞にも何度か応募していたが、拾い上げにも至らなかったところを見ると、やはり相性がよかったのだろう。

「だからがんばって、今回の本もいいものにしないとな！」

渡邊にはお中元の話などされたが、そんな物を送る程度で仕事を続けさせてくれる程、出版界は甘くない。作家にできる恩返しは、いい作品を書くことだけだ。麗《うら》らかな春の日差しに拳《こぶし》を突き上げ、照は誓いを新たにした。黒澤も首肯《しゅこう》して、

「そうですね。とはいえ、まだまだ油断は禁物ですが。テルテル先生の場合、初稿が終わってからが本当の始まりですからね。つまりは現状、オマケして五割出来というところです。あと半分、気合いを入れていきましょう」

「これがほしかったんだって言ってくれたじゃねーか!!」

ちょっと持ち上げてくれたと思ったらすぐコレだ。楽あれば苦ありといえども、ジェットコースターの速度が速すぎない？　振り落とされるわ！　文句を垂れる照であるが、黒澤としては別段こき下ろしたつもりはないようだ。

「ええ、アクセルベタ踏み電波フルスロットル。これぞテルテル先生という勢いを堪《たん》能《のう》させていただきました。あの高校生、誠にいい仕事を……」

「え？」

「何でもありません」

照の不審を秒殺した黒澤は、流れるように話を戻した。

「それはそうと、あなたの作風の場合、変に資料に当たらないほうがいいのでは？」

「図書館が側《そば》にあるのはラッキーだって、さっき言ったのは黒澤さんだよな⁉」

そう思っているなら、どうして図書館へ一緒に来たのだ。再び火を噴く照を、黒澤は軽やかにいなす。

「そうですね。ですが、作品の勢いを殺してしまうなら、資料に当たりすぎるのも考えものです。あなたの話に必要なのは説得力であって、リアルそのままではありませんから」

リアルとリアリティは違う。現実そのままを写し取ることも時には必要だが、現代時代劇とも揶揄《やゆ》される照の作風にはあまり必要ない。現実よりも魅力的な虚構を描くことができれば、それでいいのだ。

「う、ぐぐ……まあ、自分でもそうだと思うけど……いいだろ！　俺だって、ちょっとぐらい賢そうな作品を書きたいの！　ネットで得た知識だけじゃ不安だし‼」

「その発言が最高に賢くないですが、いいんですか？」

いつもの漫才に流されながら、照は黒澤と連れ立って図書館へ入った。

ずっとバイトと家の往復をしていたので、ご近所のはずの図書館へ入るのも久しぶりだ。黒澤も興味深そうにあたりを見回している。

「相変わらず、平日の半端な時間の割に人が多いですね」

「総合交流センターは図書館以外にも、公営の施設がいっぱい集まってるからなー。プールとか、プラネタリウムとか」

図書館、プールにプラネタリウム、体育館、多目的ホール、飲食店などなど。この総合交流センターには、無料、あるいは格安で使用できる公共施設が一堂に会しているのだ。照のような清貧作家には大変ありがたい存在である。

「久しぶりにプラネタリウムも見たいな。そろそろプログラムが変わって……あっと、ごめん」

図書館に入る直前、たかたかと駆けてきた子供とぶつかりそうになり、照は身をひねってかわした。

平日の午後だ。時間に余裕のありそうな中高年の姿が多いが、児童向けの施設も置かれているせいか、付近には子供を連れた母親の姿が目立つ。若い男の二人連れ、おまけに片方はかっちりスーツというのが珍しいのか、妙に視線を感じた。

やっぱりイケメンと歩くもんじゃねーな。岡田は例外だったとはいえ、二人連れだと女性の好意的な視線は黒澤が独占するのが常である。事実ちょっと派手めなセミロングの女性は、すれ違い様完全に黒澤だけを見ながら図書館へ吸い込まれていった。

ふて腐れる照であったが、なんだかいつもと違う。照を見る眼も感じるし、そもそも視線が好意的ではない。さっきぶつかりそうになった子供も大袈裟に距離を取って去っていったし、チラリとこちらを見た瞳に警戒の色が含まれていたような。

「えっ、もしかして俺、昼間から図書館に入り浸《いびた》るしかない、怪しいプーだとでも思われてるのかな……？」

だが親子連れの警戒対象には、黒澤も入っているようなのだ。訳が分からないよ。

少し不安を覚えたものの、それ以上の何かがある訳でもない。そのまま図書館に入り、貸し出しカウンターあたりまで歩いてみたが、まとわりつくような視線は切れない。

大丈夫、俺は作家だよ！　ここには俺の本も置いてあるよ！　バイト先の本屋では現在在庫切れだけどな!!　と心の中で唱えていると、黒澤が怪訝《けげん》な表情でこちらを見ていた。

「どうしました？　俺は作家だと、心の中で己を鼓舞するような顔をして。まだあの高校生に疑われたのを根に持っているんです？」

「黒澤さんがほじくり返さない限り大丈夫です！」

視線を集め慣れているせいか、黒澤は周囲の眼があまり気にならない様子だ。憤然と肩をそびやかした照は話題を変えることにした。

「まあいいよ。あ、ここ、読み聞かせ会もやってるんだ」

壁に貼られたポスターを見上げた照は、さっき子供に不審者を見る視線を向けられたことも忘れ、へらりと相好《そうごう》を崩す。

「いいなあ。俺の本も知らないうちに、こういうところで読み聞かせてもらって、小さい子の心の栄養になったりしてないかあ……」

いくら照の本の内容が時代劇めいた王道ものとはいえ、真ん中文庫の対象年齢は二十代以上だ。読み聞かせ会の対象年齢を大幅に上回っているが、夢を見るのは自由である。

「そうですね。子供のうちに親しみを刷り込んでおけば、大きくなってからもあなたの本を買ってくれるかもしれません。できれば図書館で読まずに新刊で、発売から一週間以内に」

「黒澤さん、言いたいことは分かるけど、もうちょっと言葉を選ぼう？　俺には普段、この言い方じゃ伝わらないとか、いっぱい駄目出ししてくるよな？」

そりゃ作家としては、図書館で一冊購入されるだけよりは、複数の読者に人数分購入いただいたほうが実績にはなる。特に発売から一週間以内の実売数は営業部も注目している数字だ。この期間に販売数が伸びないと、そのあとの挽回《ばんかい》は難しい。最悪続刊の打ち切りが決まる材料にもなりかねない。

しかし、それは全て作家と編集者と出版社の事情である。特に無垢《むく》な子供たちには、純粋に好きな本を選んでもらいたい。

「俺だって、本は買ってほしいよ？　発売日に買ってくれたほうがありがたいし、なんだったら予約してほしいよ」

部数増に直結する行為である。奨励《しょうれい》はしたいが、作者の側から奨励することに、ささやかなプライドの抵抗を覚えるのだ。

「でも、作者の側からそんな風に呼びかけて買ってもらっても、長く続かないしさ。俺だってやっぱり、俺の本が大好きで発売日を待ちきれない！って人に読んでほしい し……もちろん大勢の人にそう思わせることができないのは、俺が不甲斐《ふがい》ないからなんだけど……」

胃が痛む思いをしながら訴えると、黒澤も真面目な目付きになった。

「そうですね。確かに、そのとおりです」

「分かってくれて嬉しいよ！」

「ですが、それならなおのこと、読み聞かせ会での早期洗脳は有効ではないですか。図書館で購入してもらえれば、部数の底上げにもなりますしね。全国の図書館で一冊ずつでも購入いただければ、数千部ぐらいは」

「黒澤さーん⁉」

だめだこいつ、何とかしないと。思わず照が声を張り上げたところへ、大股に近付いてくる人影があった。

「すみません、あまり大声を出さないでください」

二人をジロリと睨《にら》んだのは、紺色の制服に身を包んだ中年の警備員だ。黒澤がさっと「申し訳ありませんでした」と頭を下げると、すぐに離れて行きはしたが。

「な、なんだろ。睨まれちゃった」

「あなたの声は本当に大きいですので、そこは注意してください。しかし、警備員なんか、前からいましたか？」

何かと物騒な昨今である。建物の外にいたような気はするが、単に車の整理をしていただけかもしれない。そもそも図書館に来たのも久しぶりなので、中の巡回があったかどうかはっきりしなかった。

「うーん、どうだろうなー。あんまり記憶がないけど、最近色々と怖い事件も聞くし、利用者から要望が上がったのかな」

ありそうな話である。先程からやたらと警戒のまなざしを送られるのも、何かの事件の名残《なごり》かもしれない。

無論照にも黒澤にも、なんら後ろ暗いことはない。少なくとも照にはない。この飄々《ひょうひょう》とした担当に、実は前科があると言われても驚かないが、照は彼を信じている。少なくとも、出版社にも縁深い図書館という施設で、女性と子供を狙うことはなかろうと確信している。信じてるよ、頼むよ黒澤さん。

局所的な信頼は脇に置いて、このあとの予定について話を振ってみる。

「どうしようかな。俺は今日は、現代風俗について調べたいんだけど……黒澤さんは、どうする？」

「俺はまず、このランキングをチェックしたいですね」

黒澤が指し示したのは、貸し出しカウンターの側に貼り出された「人気本の待ち人数」なる表だった。

「ランキングって……ああ、返却を待ってる人の数か。うわ、すごいな。この本、五十人以上待ってる人がいる」

どこかで見聞きした覚えのある本を見上げて感心すると、黒澤はスラスラとそのタイトルについて口にした。

「人気ドラマの原作ですからね。出版社としては、五十人分待つなら購入してほしいのが正直なところですが、今のご時世ですから。原作に興味を持って手を伸ばしていただけるだけで、ありがたいです」

「そうだよな。そもそも本を読む人が少なくなってるって話だし」

一般の会社で働く友達との付き合いが減り、バイト先の本屋の人か編集者とばかり接していると実感がないが、その手のことはよく耳に入る。

「娯楽が多様化していますからね。選択肢《せんたくし》が増えるのは悪いことではないですが、我々の商売としては難しいところです……」

憂いのため息を零《こぼ》した黒澤は、ふと思い付いたように質問してきた。

「テルテル先生は、本以外の媒体には興味がないんですか？　映画なんかを見るのも、全部作品に還元するためだって言ってますよね」

「うーん、俺は小説しか書けないからな……絵は無理だし、映像を作れるような腕もないし」

他の媒体での表現に興味がない訳ではないが、と言葉を濁す照に、黒澤はズバリと切り込んできた。

「それはつまり、他の媒体が無理だから小説を選んだと？　あなたを拾い上げた編集長や、この間の岡田さんに聞かせてやりたいですね」

「うぐっ」

とんだ言いがかりであるが、恩人である灰島《はいじま》編集長はこの際置いておくとしても、岡田の名前を出されるとまだ傷口が痛むのだ。ドエス担当め、本気で何人か殺してるんじゃねーだろうな……少なくとも担当作家は何人か、言葉の刃《やいば》で葬っているとみた。

人は共通の敵によって連帯するものだ。作家仲間を作りたいなら、黒澤の担当作家と連絡を取るべきかもしれない。しょうもないことを考えつつ、全力で否定する。

「や、違うし！　消去法で小説を選んだ訳じゃねーよッ。他の媒体に比べれば、金がかからないとか、作品を作る手間が少ないとか、そういう理由もあるけど……」

「ほう」

正直に言いすぎた。黒澤の眼がますます白くなる。

「いや、だから、単に手間を惜しんでる訳じゃなくて！　俺はやっぱり、『物語』が好きなんだよ。愛と勇気と正義が全てを解決する、その過程を楽しみたいの！　だからきれいな絵とか、かっこいい構図とか、話を盛り上げる音楽とかにまで、手が回らない訳!!」

各種媒体に優劣を付けるつもりはないものの、それぞれに得手不得手はある。人間はやはり視覚に左右される動物なので、ヴィジュアルの強い漫画や映画のほうが見てもらいやすいことは照も分かっているが、照自身の関心は圧倒的に「物語」へと惹《ひ》きつけられている。キャラとストーリーがどう転がっていくか、それこそが伝えたいことであって、そのためには「物語」る最小限のパーツだけで構成された小説が一番都合がよいのだ。

「なるほど。付け合わせより、ステーキ一本で勝負したいと」

「そうそう！　それに、俺は作品と波長が合ってる瞬間にガッと書かないとだめだから！　出来上がるまでに時間がかかりすぎるジャンルは、それまで待ってられないんだよな。鉄は熱いうちに打てっていうか……」

漫画、特に週刊誌連載作品にはアシスタントが付きもの。映画も基本的に一人では作れない。大勢の手を借り、膨大《ぼうだい》な時間をかけての作業が必要となる。その点も小説は有利だ。特に、照のように一瞬のヒラメキに全てを投じるタイプには。

「まあ、なんとなく、言いたいことは分かりますよ」

どうやら熱意が伝わったらしい。黒澤の声からは試すような色が消えている。

「つまりはテルテル先生にとって、小説というメディアは最高だということですね」

「うんうん、さすが黒澤さん！　それだよ、俺が言いたかったことは!!」

分かってくれてよかった。俺たち心が通じ合ってるね！　安堵《あんど》の笑みを浮かべる照に、黒澤も笑い返して、

「器用じゃないですからね、あなたは。自分のヒラメキだけでも制御できないのに、他人と協力して作品作りなんて無理です。おとなしそうな顔をして、ワガママですからね」

「それは別に言いたいことじゃないし、思ってても言ってほしくなかった!!」

ここまで引っ張ってきておいてシメがその評価か。ガックリする照であるが黒澤は澄まし顔だ。

「小手先の器用さなんて、あなたには求めていないのでご心配なく。テルテル先生は、テルテル先生がその時一番面白いと思うものを書けばいいんです」

「……そりゃ、器用じゃないですからねー」

いくらお人好しの照でも、ぬいぐるみのようにポンポン投げ上げられては落とされて、では腹も立つ。いじけた声でそっぽを向けば、黒澤はなだめるように優しく言った。

「大丈夫ですよ。あなたが焼くステーキは、見た目こそちょっと奇抜で人を選ぶように見えて、その根底は王道中の王道。およそ食べ飽きる、ということのない味です」

破天荒《はてんこう》な作風のため、特に女性読者には初見で避けられることも多い照の本だ。しかし一度口に入れると妙に癖になるというか、黒澤が言うように根っこは時代劇めいた超王道展開であるだけに、読むに至った人は長く付き合ってくれる。一部の読者は信者と化して「テルテル先生の本は納豆」「インド感が強い」とよく分からない言葉で通じ合い、納得しているそうな。

ネット上での妙な結束のせいで、かえって新規読者を逃している気がするんですよね、とボヤく黒澤であるが、照としては好きでしてくれていることなのだ。野暮な口出しをする気はない。

ていうか、そんな話をされたせいで、久々にエゴサーチしたら、「文章レベルが低すぎて正視に耐えない」なんて書評を見付けて撃沈したわ！　エゴサはやめろって言ったくせに煽《あお》らないでほしい‼　凹《へこ》みすぎて一時期はパソコンに近付くのもダメになったでしょーが！

嫌なことまで思い出してしまい、ブルーになっている照をよそに、黒澤はしげしげと先程のドラマの原作本を眺めている。その横顔には、どこか焦《じ》れた様子があった。

「とはいえ、小説だから、文字ばかりでとっつきにくいから、と敬遠されるのも事実です。そのためには、あなた自身が他のメディアに手を出すことなく、別媒体へ展開する……つまりはメディアミックスも、視野に入れていきたいところです。うちの文庫からは、まだそういった作品がないですからね」

「そうだなあ。それは正直、作家の夢ではあるよなぁ……」

「物語」特化を理由に小説を自己表現媒体として選んでおいてなんだが、そんな自分の作品を元に誰かが創作してくれるというのは、また別の話である。「物語」部分は黒澤その他の手を借りて磨き抜いてあると自負した作品に、別の創作家の才能が合わさるのだ。そんなの、見てみたいに決まっている。

またメディアミックスされる作品は注目される。増刷もされる。単純に印税は増えるし、原作者としての使用料なども入ってくる。楽しいことしかない。

しかしながら、いくつか懸念材料もある。

「ドラマになるとしたら、カクニャンはCGかな……」

「原作どおりの容姿を動物タレントなどで忠実に再現しようとすると、動物愛護団体から訴えられるかもしれませんからね……」

照の作品のマスコットキャラであるカクニャンは、型にはめ込まれたように四角いのがウリだ。当たり前だが実在の猫での表現は無理なので、映像技術の進歩に頼ることになるだろう。

「相変わらず、くだらないことを話してるんですね」

不意に聞こえてきた声は、まだ十二分に記憶に残っているものだった。ぎょっとして振り向けば、私服姿の岡田美夢が呆《あき》れ顔で立っている。

「うえっ、あ、あれ、岡田さん⁉　どうしてここに⁉」

この時間、高校生はまだ授業があるだろう。当然の質問に対し、岡田は冷ややかに答えた。

「……誰かさんたちのせいで心に大きな傷を負ったんで、自主的に早引けしたんです」

「サボりですね」

端的に黒澤が切って捨てれば、岡田はすかさず「エンタテインメント優先の即物的な表現だと、そうなるんでしょうね」と言い返す。冬がユーターンしてきたような錯覚に襲われた照は、必死に話を逸らそうとした。

「あー、じゃあ、何か、調べ物でもしに来たの？」

「……別に。関係ないでしょ、もうバイトも辞めたんだし」

素っ気なく撥《は》ね付ける岡田を見る黒澤の視線と来たら、見た者を石化する怪物のようだ。以前までは一応、手加減していたのがありありと窺《うかが》えた。

「じゃあ、どうして声をかけてきたんです？　嫌味を言いたいだけなら、壁にでも相手をしてもらえばいかがですか。壁と話す自主休校中の女子高生、なかなか文学的な光景ですよ」

「……っ……！　本当に、失礼な編集者……!!」

怒りの形相になる岡田であるが、なぜか立ち去ろうとしない。このまま二人が言葉の刃で切り結び続けていると、真っ先に倒れるのは絶対に照だ。

「えーと、あ、俺、トイレに行って来るね！」

堪《たま》らず逃げ出した照であるが、決して神経が軟弱なせいばかりではない。例のヒラメキの欠片《かけら》がささやいてきたのだ。岡田さんはきっと、黒澤さんに用があるんだと。

さすがに岡田が黒澤にラブってる妄想は捨てた照であるが、お邪魔虫であることに変わりはないのだ。いーもん、俺だってもう岡田さんにラブってねーし、とふて腐れながら、照はトイレに辿《たど》り着いた。貸し出しカウンターの右側である。

「ん、な、なんだ……？」

何の気なしに男子トイレに入ろうとした照を、複数の視線が射竦《いすく》めた。カウンターの脇に仁王立ちした警備員、女の子を連れた若い母親、貸し出し処理中の司書。

「え、な、なんですか？」

驚いた照が質問すると、彼等《かれら》は一斉に視線を逸らした。トイレが清掃中であるといった訳ではなさそうだ。

訳が分からないよ、その二である。そもそも本気でトイレに行きたかった訳ではない照は、すごすごと回れ右した。行くも地獄、帰るも地獄。この図書館に俺の安住の地はない……！　などと悲嘆に暮れたのも束の間《つかのま》、黒澤のところへ戻ると、岡田は姿を消していた。

「あれ、岡田さんは？」

「心の傷が広がったらしいですよ」

「相変わらず容赦《ようしゃ》ねえな!」

陰険漫才吹き荒れる中に戻るよりはいいのだが、岡田が気の毒すぎる。思わず突っ込む照に、黒澤はしれっと言った。

「何をおっしゃいますやら。俺たちに声をかけて来る時点で、彼女はすでに満身創痍《まんしんそうい》だったんですよ。MVPはあなたです」

「え?」

「岡田さんは思ったよりも根性があります。次の応募作を書くための資料集めをしに来たのだそうです。そこで、内心まだ馬鹿にしていたどこぞのセンセイが小説へ熱い想いを抱いていることを聞いて、不覚にも感銘を受けたようですね」

 思ったよりも前の段階から、岡田は照たちの会話を聞いていたらしい。

「あなたが大学生の時にデビューしたなら、自分は高校生のうちにデビューしてやると、息巻いていましたよ」

「そうなんだ……」

じんわりと、心臓のあたりが温かくなる。二人の対決の場から逃げた、もとい意図して場を離れたのは正解だったようだ。どこぞのセンセイを前にして、岡田が素直な気持ちを明かすことはなかっただろうから。

岡田とどうこうなりたいという考えを捨て去った今、彼女の夢を素直に応援したい。向こうがデビューして照より売れたら凄《すさ》まじくドヤ顔されそうだが、それは置いて、

「すごいな、岡田さん。風伝《ふうでん》出版で、今のうちに彼女を青田買いしたほうがいいんじゃないか？」

「そうですね。男子大学生のデビュー作より、女子高生のデビュー作のほうが食い付きがいいですし」

「悪かったな！」

憤然と言い返した照であるが、岡田が思ったよりも前向きであることにはホッとした。トイレで塩対応を食らったことも忘れ、弾《はず》んだ声で話を変える。

「それじゃ俺も、もっとがんばらないと。黒澤さん、俺、そろそろカクニャンに続く、新しいマスコットキャラを出そうと思ってるんだよね」

多少は仕事の話もすべきだろう。黒澤も乗ってきた。

「ライバルですか。というと、別の猫ですか」

「ううん」

「安易ですが、犬とか？」

照の眼がきらっと光った。

「さすが黒澤さん、惜しい！　プレーリードッグなんだ!!　見た目が似てるから、カピバラ様って名前にしようと思ってるんだけど、どうかな？」

きらきらっと光る瞳のまぶしさに耐えかねたように、黒澤は眼鏡を押さえた。

「……作品に関わるあらゆる人が混乱しそうですが、いいんじゃないですか。それにしても、カピバラ、じゃなかった、プレーリードッグの動物タレントっているんですかね……」

「そうだなぁ、やっぱりカピバラ様もＣＧかな……」

「様までが名前なんですか」

「うん、でないと先行作品と被《かぶ》っちゃうだろ？」

「どうでもいいところに気を回しますよね、あなた」

呆れた調子を隠さなくなった黒澤は、意味深長なまなざしを送ってきた。

「ちなみにメディアミックスをするのなら、原作の新刊もいいタイミングで出したいですねえ、テルテル先生？　そのためにはシリーズものは、一定の間隔で出すのがいいと思うんですよね」

「あ、は、はは……」

おっと、こいつはヤバい風向きである。次の刊行を催促されるのはありがたい反面、常に今を生きる照にとっては容易に首を縦に振れない話題だ。どうにかせねば、とウロつかせた視線に見覚えのある絵が飛び込んできた。

「あっ、メディアミックスっていえばさ！　これ！　恋姫《こいひめ》先生の漫画のノベライズも人気みたいだな‼」

漫画を原作にした小説もメディアミックスの形態の一つだ。話を逸らすための方便であったが、好きな漫画が原作だ。照の表情は嘘偽りのない喜びに満ちている。

「さすが風伝出版一の売れっ子。原作の新刊もこの間出たばっかりだし、ノベライズも人気なんだな！　結構待ってる人がいるじゃん」

「……詳《くわ》しいですね」

黒澤はといえば、なぜか苦々しい顔だ。照はそれに気付かずはしゃいだ。

「そりゃファンだし。面白いんだよな、先生の漫画。何て言えばいいのか……そう、オーラにあふれててさ」

照の作品もある種のオーラにあふれていると評判だが、「妙に癒《いや》される」とも評される照と違って、恋姫の場合はただ単純に気迫に満ちているのだ。ストーリーもキャラも絵柄も台詞《せりふ》も全ての圧が強く、濃い。気迫に満ちた作品に立ち向かうには相応の胆力が必要であり、中には気力を消費しすぎて寝込む読者もいるとか。畏怖《いふ》を込めて

「濃姫」などと呼ばれる所以《ゆえん》である。

「この間、雑誌で対談してるのも読んだけど、かっこいいよ。なんだっけ？　世界は私のものなんて生温《なまぬる》い？　ワールドイズミー！　マイネームイズゴッド！　だっけ。なかなか言えないよ、あんなこと。恋姫先生も、作風と作家が一致してるタイプだよなー」

「……そうですね」

盛り上がる照とは裏腹に、黒澤の反応はやけに鈍《にぶ》い。話を避けたがっている風ですらあった。

風伝出版の規模だと、一月あたりの発行点数は百点前後にのぼる。漫画と小説では編集部も違う。もしかすると黒澤は、恋姫の作品について知らないのだろうか？

でも、それって、黒澤さんらしくないなぁ。疑問を覚えながら、照はなおも話し続けた。二人は友達ではない。あくまでビジネスパートナーと理解はしているが、こんな話を振れる相手は黒澤ぐらいしかいないのだ。

「表紙は恋姫先生の書き下ろしだろう？　気合い入ってるなー。この塗りすごいや、最早《もはや》執念を感じるよ。この感じ、アナログだよな。最近の漫画家さんはオールデジタル作画の人が多いみたいだけど、恋姫先生はキャリアも長いし、今さらデジタルに移行するのはちょっとって感じなのかな」

興奮気味にペラペラしゃべっていると、堪りかねたように黒澤が口を挟んで来た。

「テルテル先生、そういうことは言わないほうがいいです」

「え？」

さっきまでの反応の薄さから一転、苦々しげな口調に戸惑うが、すぐに黒澤の言わんとしていることに気付いた。

「あ、ごめん、そうだよな。失礼な言い方だった。小説家はたとえ手書きでも、出版する時には文字に起こしてもらうから一緒だけど、漫画はアナログとデジタルだと作業がかなり違うみたいだしなー。苦労が分からないのに、適当なことを言っちゃいけないな」

同じクリエイター同士であっても、漫画と小説では創作方法がまるで違う。畑違いの苦労を易々《やすやす》と語るものではない。反省する照に、黒澤は複雑そうなため息を漏《も》らす。

「……まあ、そうですね。あと、恋姫先生の耳に入ったらマズいです。あの人は自分を悪く言った相手を、絶対に絶対に忘れないですから」

大変実感のこもった忠告だった。照はますます奇妙に感じてしまう。

「あれ？　黒澤さん、恋姫先生のことを知ってるの？　なんか反応が淡泊だから、よく知らないのかと思った」

「……あなたもご存じのとおり、うち一番の売れっ子ですよ？　知らない訳がないでしょう」

少しだけためらうような間があったが、編集者としてのプライドが勝ったらしい。黒澤は仕方なさそうに認めた。だよな、と照も納得する。

「そうだよな。小説はもちろん、漫画にアニメにゲームに映画だって、娯楽作品の人気作は絶対チェックしてるもんな、黒澤さん」

照のバイト先では平台をチェックし、図書館では「人気本の待ち人数」ランキングをチェックする黒澤が、メディアミックスされた自社の作家を知らないなどあり得ない。

だからこそ疑問は残る。そのレベルの作家に対して、編集者がこうも歯切れが悪い理由はなんだろう。

「ええ。テルテル先生に、恋姫先生レベルの売れっ子になってもらうためには、俺がしっかりマーケティングをしませんと」

照の胸中を知ってか知らずか、黒澤はさり気なく話の流れを調整し始める。

「そしてテルテル先生には、いつか来るチャンスをモノにするために、定期的な刊行癖を付けていただかないと」

「お……俺だって、定期的に本を出したいとは思ってるよ！」

油断していた胸にぶっすり突き刺さる言葉の矢。やる気はあるんだもん!!　とアピールするが、黒澤はそれは分かっている、と言いたげな顔である。

「でしょうね。ただ、あなたは圧倒的に集中力が足りないんですよ」

「そんなことねーし！　今回の本だって、そりゃ締め切りを延ばしてもらいはしたけど、筆が乗れば早かっただろ!?」

「そうですね、筆が乗れば。その間に一度、間に合わせの原稿でお茶を濁されましたが」

「うぐぅ……」

それを言われちゃあ、おしまいよ。反論を封殺された照であるが、お小言は鳴り止まない。

「確かにあなたは、波に乗れば早い。ええ、波に乗ればね。しかしながら、波に乗るまでが問題です。乗ったとしても、他に気になるものがあれば、すぐいい波を放り出してどこかへ行ってしまう。岡田さんとのこと、忘れた訳じゃないでしょう？」

「忘れてないよ！　さっき会ったばっかだしな!!　ていうか、いい話で上書きしたところなんだから、嫌な記憶は都合よく忘れさせてくれない!?」

うっかり大声を出してしまった照ははっとした。また警備員に睨まれるのではないか、と危ぶんだのだが、黒澤に話を打ち切る様子はない。

「いいえ、こうなっては教訓として、しっかり覚えておいていただきます!!」

照ほどではないにせよ、基本的に物静かな黒澤としては割とでっかい声である。岡田にのぼせていたことが、よほど気に入らないらしい。

「うう、分かってます……もう年下の女の子に、鼻の下を伸ばしたりしません……」

「何か勘違いしていますね。あなたの問題は、たとえ相手が好みの女子高生ではなく、見ず知らずの他人だったとしても、頼られると放っておけないところですよ。女性と子供が相手の場合は特に無視できないというだけで」

はぁっと大きなため息を零して、黒澤は畳みかけてきた。岡田のことだけではない。今まで何度も正義感を先行させ、原稿をないがしろにしてきた過去を悔い改めよと彼は訴えたいのだ。

「今この地球上で、あなたの完成原稿という助けを一番求めているのは俺と編集部です。そこを自覚してください。少なくとも今の作業が終わるまでは、こっちを優先してください!!」

「分かってる！　分かってますってば、ちょっと落ち着いて黒澤さん、今度こそ警備員……、あれ？」

耳を引っ張らんばかりにしてまくし立てられ、クールダウンさせようとした照の脇を、見覚えのある人影が足早にすり抜けていった。

「なんか騒がしいな。今走って行ったの、さっき巡回してた警備員じゃないか？」

自分たちがうるさかったので気付くのが遅れたが、さっき照が行くのをやめたトイレのあたりに人だかりが出来ている。警備員もそちらを優先したので、照たちを素通りしたのだろう。

「そうみたいですね。騒いでいる人を注意しに行ったにしては、物々しい顔付きでしたが……」

黒澤も冷静さを取り戻し、注意深い目であたりを見回す。照もそれに倣《なら》おうとしたが、次の瞬間、鋭い叫びが耳を打った。

「女の人の悲鳴だ!!」

その瞬間、照はパッと駆け出した。普段は運動不足気味であまり反射神経もよくないくせに、今は黒澤も制止が間に合わない速さだった。

「ちょっ、テルテル先生⁉」

数秒遅れで黒澤が声を上げた時には、照は人だかりの中を突っ切って輪の中心に辿り着こうとしている。

「ちっ、やっぱり、作風どおりの人だな!!」

誰かの悲鳴を耳にすれば、ヒーローの足は風より速くなるのだ。それが女性のものとなれば、尚更。舌打ちした黒澤も、小走りに人だかりのほうへと近付いていった。


黒澤を放り出して駆け出した照は、トイレの前の人だかりへグイグイと分け入って行きながら、ザワザワと騒いでいるギャラリーたちに状況を尋ねた。

「あの、失礼ですが、何かあったんですか？」

話しかけたのは、先程照に不審そうな眼を向けた司書の老婦人だ。照がバイト中に着ているのに似たエプロン姿である。突然の質問に面食らった様子ながら、表情を曇らせて教えてくれた。

「それが……どうやら、そこのトイレに入った子供が姿を消したとかで」

「えっ⁉」

女子トイレの前でああだこうだと話し合っている人々がこの人だかりの中心だ。若い女性が般若《はんにゃ》のような形相でセミロングを振り乱し、「とにかく探してください！」

と叫ぶたび、数人の警備員が困ったように顔を見合わせている。照を呼び寄せた悲鳴は彼女のものだろう。

「ま、まさか……誘拐《ゆうかい》？」

「その可能性があるみたいで、お母さんが大騒ぎしてるんですよね。前々から嫌な噂《うわさ》はあったけど……」

隣にいる、三十代と思《おぼ》しき司書の女性と目配せし合っての一言に、ピンと閃《ひらめ》くものがあった。

「もしかすると、警備員さんが配置されたのも……？」

図書館内を巡回するのとは別に、カウンターの脇、つまりはトイレの脇に定点配置された警備員。警戒ターゲットははっきりしている。トイレに近付いた照に視線が集まった意味も今なら分かる。

「……ええ。ここ最近、女子トイレの周辺をウロウロする怪しい男の人の目撃があって……せっかく警備の予算を付けてもらったのに……」

そこで彼女は、申し訳なさそうに照を見た。

「ごめんなさいね。さっきはあなたのこと、変な眼で見てしまって。あまり見ない若い男性なので、てっきり……」

「い、いえ。でも、かえってよかったかもです。トイレに入っていたら、俺が疑われていたかもしれないし……」

話している間にも、母親はヒートアップする一方だ。「お母さん、落ち着いて」と警備員がなだめるたびに、「これが落ち着いていられますか!!」と噛みつく。もっともであるが、ああも興奮していては、どういう状況だったか聞くこともできないのではないだろうか。

それも含めて警察に任せるべきではないかと、若いほうの司書は思っているようだ。照も同意見だが、老婦人風の司書は眉を寄せて首を振る。

「でも、私たちだけで判断するのは……館長が戻ってきてからじゃないと。あのお母さん、ものすごい剣幕だし」

間の悪いことに、責任者が不在であるらしい。加えて、母親のヒステリー具合が二の足を踏ませているようだった。確かにこの母親、対応を誤ると、解決に導こうとする善意の第三者まで噛み殺しかねない勢いなのだ。

「とにかく、一刻も早くうちの子を探してください!!」

「お、お母さん、まずはいったん落ち着いてください。もう少し情報を集めてからでないと」

「これが落ち着いていられますか!!　ここは市の施設なんだから、あなたたちは公務員なんでしょう⁉　だったら納税者の役に立ちなさいよ!!　こうしている間に、うちの子に何かあったら、責任を取ってくれるの⁉」

「いや、私たちは別に公務員ではなくてですね……！」

　給料の出所は税金かもしれないが、警備自体は委託されているだけなのだろう。焦《あせ》った警備員が余計なことを口走った。年齢は照とそう変わらない、細身できれいに化粧をした若い母親であるのだが、それ程までの剣幕なのだ。

　ギャラリーたちの視線に含まれた同情も、母親よりも警備員へ向かっている。時間帯のせいか主婦と子供という組み合わせが多く、本来であれば母親にシンパシーを感じるはずが、ヒステリックな勢いがすごすぎて引いてしまっているようだ。かといって自分たちに無関係な事件とも言えず、立ち去ることもできないまま、遠巻きに事の成り行きを見守っている。

　──その輪の中から、照は静かに一歩、踏み出した。早くうちの子を探して、と延々わめき立てる母親の側へ近付き、恐る恐る言葉を発する。

「……あのっ」

　小さな呼びかけに、母親は何よ、とばかりに振り向いた。怒りに歪《ゆが》んだその顔は、まつエクに飾り立てられた眼が見開かれていて正直ちょっと怖い。彼女の相手をしていた警備員たちは、とにかく一時的にでも矛先がよそへ向いたことでホッとしている様子だ。

安心するのはまだ早いんだな、と心の中でつぶやいた。照が今から口に出す言葉は強烈な炎である。この場に充満したヒステリーガソリンを一発で燃え上がらせ、全員焼死させる可能性は高い。

しかしながら、降りて来たヒラメキは裏切れないのだ。

感情に任せて叫ぶ母親のヒステリーを一瞬で遠くへ押しやった真実のささやき。一度原稿を完成させた安心感からか、少々感度が下がっていたアンテナにいきなり落ちてきた雷。恋姫の新刊を読んだ時にもしばしば味わう感覚。身の内に充満したエネルギーを、形にして吐き出さずにはいられない――

「俺、あ……あなたが、悪いと思う」

「――なんですって⁉」

結果は案の定であった。そうね！　ごめんなさいね‼　と秒で悔い改めてくれるまで期待していた訳ではないが、怒濤《どとう》の勢いで詰め寄られ、ヒッと喉が鳴る。

「あなた、失礼にも程があるでしょ‼　大体誰よ、エプロンを着けてないけど、ここただの一般人がこの修羅場に割り込んだ挙げ句、このような爆弾発言をするとは普通は思わないだろう。照の中の冷静な部分もそう思っている。何やってんだ俺、と。

だが、ここで引き下がれば、彼女も彼女の子供も傷付くかもしれない。黒澤にバレの、照の二大弱点へ一発ホームランである。それだけは避けねばならないと意を決し、まずは自己紹介を始めた。

「えーと、いつもはエプロンを着けてて、本に囲まれてますけど、図書館の職員じゃないです。作家です。ペンネームはテルテルといって……」

「はあああああああ⁉」

百パーセントの誠意をもって自己紹介したのだが、不思議なことにすっとんきょうな声で迎えられてしまった。まあ、これも、薄々分かっていた反応ではあったが。

「作家⁉　作家がどうして、母親である私を疑うのよ。あっ、もしかして推理小説作家？家？　探偵気取りって訳？」

推理小説作家が謎を解く。昔からある王道展開だが、残念ながら外れだ。

「いえ、俺は推理小説作家じゃなくてですね……キャラ小説っていうか、中間小説作家でして……」

「推理小説作家ですらないの⁉」

母親の叫びが長く尾を引く。照に救われたはずの警備員たちまで同意という表情だった。遅まきながら恥ずかしくなってきて、もじもじと意味もなく前髪に触れてしまう。

「ぎ、疑問を持たれるのも当然です。確かに俺には、推理なんて高尚《こうしょう》なことはできない……」

奇妙に思われるのも無理はない。逆の立場なら、照だって頭のおかしい男に絡まれたと思うだろう。だが、それでも、人には戦わなければならぬ時がある。一時は耳に痛い真実が、彼女と彼女の子供を救うのだから。

「でも！　愛と勇気と正義を語っている以上、俺がそれを体現する存在じゃなきゃいけない！　困っている人は見過ごせないです‼」

刹那《せつな》、場はしんと静まり返った。数秒置いて、若い母親がブルブルと肩を震わせ始める。

「そんな理屈で、母親である私を犯人呼ばわりしたっていうの……？」

地を這《は》うような低い声。頂点に達した怒りは刹那の静けさを生み出したのち、その全てを吸い上げて大爆発を引き起こした。

「ふざけないでちょうだい!!」

響き渡る金切り声に、ギャラリーの中に交じった子供たちがびくびくっと首を竦める。何人かトラウマにならないだろうか。心配になった照であるが、人の心配をしている場合ではないと思いきや、

「もういい、うんざりだわ！　頼むからどこかに行って!!　誰にも頼りません、うちの子は私一人で探します!!」

もっと散々に怒鳴りつけられるかと考えていたが、彼女は照の相手をすること自体を放棄しようとしている。それは困る、勇気を出して出て来た意味がない。ふんっと鼻を鳴らしてそっぽを向き、踵《きびす》を返そうとする母親に、照は食い下がった。

「あの、でも、俺はこの事件を解決したいと思っています！　それは本当です!!」

「そうなのね、ありがとう！　じゃあ邪魔しないで!!　どこかに行って！　うちの子は自分で探すから!!」

とにかく失《う》せろ、と言わんばかりの応対にも、照はめげない。なんというか、見事に「降りて」しまっている状態だなと、少し離れた場所に立った黒澤は嘆息した。こうなった時の照は、黒澤にも制御不可能なのだ。

「いや、でも、だめです！　だってあなたが原因なんだ!!　それだけは間違いないんだ!!」

立ち去ろうとする彼女の前に回り込みさえして、照は熱烈に訴え続ける。

「俺だっておかしいと思っています！　そして悲しい!!　子供が犠牲者というだけでつらいのに、その親が容疑者なんて世の中は間違ってる!!」

肉親に虐待を受け、時には殺されてしまった子供のニュースを聞くたびに、人目もはばからず瞳を潤ませる照である。ネタ探しのため、世情に疎《うと》くならないためにと朝夕どちらかはニュース番組を見るよう努めてはいるが、場合によっては即時児童向け番組に切り替えて心の安定を図る。そうしないと悲しみで胸が塞《ふさ》ぎ、創作世界に没頭できなくなってしまうのだ。

遠いどこかで起こる事件であれば、無関係の照にできるのは嘆くことだけ。嘆きで手一杯になった結果、締め切りに遅れて黒澤に怒られる弊害さえ生じる。

だが、今正に目の前で起こっている事件だ。天啓が降りて来ているのだ。きっと救える。ここで諦《あきら》めることはできない。そんなやつに作家の資格はない!!

「でも！　悲しくても、つらくても、真実から眼を背《そむ》けてはだめなんです!!　きっとあなたにも、深い事情があるんでしょう。男の俺には、腹を痛めて子供を産むお母さんの苦労は分かりません……」

役者のように大きく手を振り回しながら、照は切々と語った。その瞳には心からの情熱が満々と湛《たた》えられている。

「だから、どうぞあなたの口から、真実を話してほしいんです。俺だって万引き犯なら何度か捕まえたことがある。みんなそれぞれに理由がありました。俺には聞いてあげることぐらいしかできませんが、話すだけで癒されることだってきっとあるはずです!! 苦あれば楽ありと言うじゃないですか！　さあ、お母さん！　さあ!!」

ここがクライマックスとばかりに差し出された手を見て、固まっていた母親がハッとした顔になった。慌《あわ》てて周囲を見回すが、ギャラリーはおろか警備員さえ、彼女ではなく照の気迫に呪縛《じゅばく》されている。誰一人動けない。

「ちょ……ちょっと、もう！　だめよこの人、この人を先にどうにかして!!　お願いだから!!」

再び被害者の立場に返り咲いた彼女の哀れな悲鳴が、図書館に虚《むな》しく響いた。

「素人《しろうと》にはちょっと、難しいでしょうね」

母親と照を取り巻く輪を完全に抜け出した黒澤は、肩を竦めてため息を零した。

母親がいかに勘弁してくれと訴えようと、あの調子では照は引き下がらない。自分が言うのだから間違いない。ヒラメいてしまっている照は、担当編集にさえ動かせない頑固さを発揮するのだ。

「やれやれ。作家を名乗ってるんだから、ご自身の美学より、まず締め切りを守ってほしいんですが……」

子供がいなくなったのは確かに気の毒だが、だからこそ、本来は部外者が立ち入るべき案件ではない。照や黒澤に出来ることといえば、せいぜい捜索に貢献するぐらいだろう。

「だが、真実を知りながら見過ごすような人に、あの話は書けない。全く、忌々《いまいま》しい」

本音を言えば今すぐ首根っこを引っ掴《つか》んで家に連れ戻すか、せめて当初の目的であった、現代風俗についての資料が並んだゾーンへ引きずっていきたい。三週間も締め切りを延ばしておいて、今日は何のために図書館へ来たんですか、あなた。お互い遊びじゃないんですよ？　刊行が遅れれば遅れる程、ダメージを受けるのは作者なんですからね？

そうは思えど、こうでなければテルテル先生ではないという、複雑な誇りを感じているのもまた事実である。つくづく手間のかかる作家だなという苛立《いらだ》ちはあれど、結局のところ、見捨てるという選択肢はないのだ。

「仕方がない。毎度ながら、オチだけいただきますよ、先生。あなたの穴だらけの初稿、推敲《すいこう》させていただきます」

　穴はあっても肝心要の芯はブレていない初稿であれば、優秀な編集（もちろん黒澤である）の手でいくらでも磨き上げられる。これまでの付き合いの中、照の謎のヒラメキが外れたことはない。そのつもりで思い起こせば、あの母親の態度にはおかしな点が多いのだ。

「すみません、ちょっとよろしいですか」

　黒澤が声をかけたのは、つい先程照と話していた司書二人組である。いまだ人の輪の真ん中でやり合っている照たちを見つめていた二人は、ぎょっとした様子で振り向いた。

「あ、あの……？」

「俺はあそこで超理論を振り回している人の知り合いなんです」

　断る暇を与えず、端的に立ち位置を説明すると、司書たちの表情に動揺が走った。またヤバいのが増えたと思われたらしい。大変心外であるが、そこを説明する時間が惜しい。

「このままだと埒《らち》が明かないと思います。俺にはこの状況を打破できる道筋が見えている。今回の話について、最初から詳しくうかがってもよろしいでしょうか」

なんだか照みたいなことを口走っている自覚はあるが、ただのハッタリではない。照と違って黒澤には本当に事件の全貌《ぜんぼう》が見え始めている。

とはいえ、それも照が全ての理論を飛び越えて示した真実あってのことだ。担当編集としては、作家渾身《こんしん》の初稿を腐らせぬよう、慎重に外堀を埋める必要がある。

「そういう訳なので、今しばらくは時間稼ぎをお願いしますよ、テルテル先生」

黒澤が考えるところ、現在照が振るっている熱弁にそれ以上の意味はない。右から左へと聞き流しながら、黒澤は「推敲」に必要な材料を集めていった。


約十五分の無為《むい》な時間が流れ、さすがに人の輪も崩れ始めた。警備員も気付けば姿を消した。照も、彼に捕まっていた母親の喉もすっかりと干上がって、マシンガントークがついに途切れる。

「……と……にかく、ですね……俺は、みんなの幸せを……ゼィ……一番に、ハァ、考えて……」

「わ……分かりました、ゼィ、それは……、それだけは……ハァ……分かりましたけど……」

「ご歓談中に失礼いたします、お二方」

隙間風のような息を漏らしながら向かい合う二人の間に、黒澤は颯爽《さっそう》と割って入った。彼の顔を見た途端《とたん》、照が大きく目を見開く。

「あッ、黒澤さん」

「……忘れてたって顔しましたね？」

「そんなことねーよ！　そんな……そんな馬鹿な‼」

「忘れてたんですよね。いいですよ、いつものことですから」

この程度のことで目くじらを立てていたら、照の担当編集など務まらないと言わんばかりの態度である。弁解しようと思った照だったが、生憎《あいにく》とまだ息切れがひどい。

一度呼吸を整えようとしている彼をよそに、件《くだん》の母親が警戒を露《あら》わにしながら言った。

「な、何よあんた、こいつの知り合い……？」

質問しつつも、その眼は微妙に黒澤を避けている。

「嫌ですね、またクルクルパーが増えた、みたいな顔をしないでください」

「待ってくれ黒澤さん、俺のことクルクルパーだと思ってるの⁉」

わずかに回復した喉をフルに使って突っ込むが、黒澤はさらりと別の的へ誘導する。

「違いますよ、そう思ったのはこちらの女性です」

「お、思ってない！　思ってないったら‼」

すっかり照への恐怖心を刻み込まれたらしき母親が両手を振って否定する。場の空気が適当にかき回されたのを見計らい、黒澤は流れるように本題へ入った。

「改めまして、お母さん。このたびは本当にお気の毒でした」

割り込みをかけてきた時の強引さはどこへやら、まずは丁寧《ていねい》に一礼。

「トイレで息子さんがいなくなってしまったそうですね。俺には子供はいませんが、さぞかし心配なことと思います」

「い、いえ、ご丁寧に……」

気勢を削《そ》がれた母親もぎこちないお辞儀を返してきた。途端、眼鏡の奥で黒澤の瞳がキラーンと光ったのが照には見えた。

「おや、お子さんは息子さんなんですか」

「えっ？」

「女子トイレでいなくなったという話ですが」

にわかに母親の眼が泳ぎ出す。黒澤は素知らぬ顔で確認を重ねる。

「手伝いが必要ということでしたら、年齢によっては男女どちらの可能性もありそうですが、息子さんで正しいんです？」

「あ、そういえば聞いてないな」

黒澤の質問に触発されて、照《ひる》も肝心の情報を聞きそびれていたことを思い出した。

母親のほうは、なぜか一瞬、怯んだ顔になる。

「それは……い、いえ、娘です。だから余計に心配してるの！　当たり前でしょ⁉」

「ですよね」

相手が逆ギレチックな金切り声を上げても、黒澤は照のように動揺しない。ろくでもない原稿の矛盾を突く時と同じく、主導権を握ったまま話し続ける。

「男の子が標的になることもあるようですが、性的な被害に遭う可能性はやはり女の子のほうが高い。お母さんとしては、気が気でないでしょう。あなたの娘さんであれば、きっと美人でしょうし」

おべっかさえ使う余裕があるが、口調に熱はない。いつしか見守る立場になった照のほうがハラハラしてしまうのに、黒澤のペースは崩れない。

「うちのお節介焼き先生がうるさいこともありますので、俺もぜひ、捜索に協力したいと思っているんです。そのために、まず伺いたいのですが、娘さんのお名前は？」

「あ、そういえば聞いてないな」

先程と同じ流れだ。それも聞いていなかった、と照がうなずくのを尻目に、黒澤は畳みかける。

「いなくなった時、どういう服を着ていましたか？　できるだけ詳しく、教えてください」

「あれ？　そういえば、それも聞いてない」

「年はいくつですか。身長はどれぐらい？　髪型は？」

「あ……あれ？　そういえば、それも……」

照の表情が段々強張《こわば》っていく。オーディエンスもザワつき始めた。その輪の中心で顔色を失っている「母親」に、黒澤はねちっこい質問から一転、シンプルな問いかけを放った。

「ご自分のお子様のことなのに、何も答えられないんですね。では、もっと簡単なことをお聞きしましょう。あなたは本当に『お母さん』なんですか？」

「えっ？」

大前提をひっくり返す質問に、照の声は上ずった。いやいや、そんな馬鹿な。大どんでん返しは俺も得意とするところだけど、そこひっくり返しちゃうの？

最初は戸惑った照であるが、黒澤が提示した設定を飲み込み、これまでの経緯を振り返ってみると、おやおや？　なぜか矛盾が見つからない。

子供がいなくなった、探してくれ以外の情報は彼女から何も聞き出せていない。思い起こせば照が騒動の中心へやって来た時点で、警備員は「落ち着いてください」と繰り返すばかりだった。彼女の要望を汲《く》んで捜索を始めようにも、具体的な情報を出してくれないので、話は平行線を辿っていたのではないのか。……それが彼女の狙いだったのではないか。

パニックに陥《おち》っていたために、とにかく探してほしいと訴えるに終始していたと好意的に解釈してもだ。黒澤に聞かれた子供の特徴について、まともな回答が得られないのはおかしい。軽いヒラメキによって出したキャラが意外と好評で、「このキャラについて、一度じっくり聞かせてください」と言われた時の照と同じではないか。

なお、正直に「思い付きだから考えてない」と答えたところ、黒澤からは「あなたの話のどこが思い付きでどこが思い付きじゃないのか、俺には区別が付きません」とのコメントを得ている。違う、俺の作品のことはもういいんだよ。本当はよくないけど、とりあえず目の前の事件の解決が先だ。

「そ、それじゃ、この人、本当にお母さんじゃない……？」

「ええ、お母さんじゃない」

照を通り越し、紙のように白くなった「母親」の顔を見つめる黒澤の視線には軽蔑《けいべつ》の色が濃い。

「なにせ、『いなくなった子』なんて、いないんですから」

いなくなった子供の母親ではない、という意味ではない。そもそもの発端《ほったん》である子供がいないのだと、黒澤は断言した。

「あなた方がピーギャー騒いでいる間に、情報収集をしてきました。実は最初、女子トイレで長々と不審な行動を取って、他の利用者に騒がれたのはこの自称『お母さん』なんです」

「えっ？」

初めて聞く情報に照の眼が点になる。「母親」を名乗っていた女性が、耐えかねたようにうつむいた。

「一つの個室に閉じこもり続けたり、出て来たと思ったら他の個室に入ったり……俺もテルテル先生も、女子トイレの利用方法に詳しくはないとは存じますが、妙な行動なのは分かりますよね」

「う、うん、まあ」

女子トイレ内の一般的な作法など、作家の想像力を駆使しても分からない、というか、想像すべきことではないと照は考えている。ただし今は非常時だ。間を取って、うっすら想像してみたが、やっぱりその行動は怪しいだろうという結論に達した。男でも変だ。

「ただでさえ、警備員が配置されるぐらい、不審者の目撃情報が出ている場所です。気味悪く思った利用者が警備員を呼んだ。するとこの『お母さん』が、自分の子供が出て来ないので探していた、と被害者面で騒ぎ出したという訳です」

「お母さん」に嫌味なアクセントを置かれた自称「お母さん」は、苦し紛《まぎ》れに抵抗する。

「ち、違います。本当に、私の子供がいなくなったんです！　本当です‼」

「そのあたりは、監視カメラの映像を確認すればすぐ分かるでしょう」

事もなげに黒澤が言えば、反撃の糸口を見付けたと思ったのだろう。彼女の瞳にわずかな光が戻った。

「馬鹿言わないで、トイレの中に監視カメラがあるっていうの⁉」

「ある訳ないでしょう。そんなものが女子トイレに仕掛けてあったら、そっちのほうが大問題ですよ」

この反論も織り込み済みのようである。返す刀で切り捨てた黒澤の横で、照は「そ、そうだよな。岡田さんの時も、似たような話が……」と一人で思い出し凹みをしていた。

「ですが、トイレの入り口付近も映すような位置に監視カメラは仕掛けられているそうですよ。あなたが本当にお子さん連れでトイレに入ったのか、調べることはできます」

司書の二人組より得た情報を元にして、黒澤は平然と言い放った。自称「お母さん」の眼が反射的に動いたのは、見えないカメラを探してのことだろう。

「ちなみに、実は俺たちは、あなたが一人で図書館へ入るところを目撃しています」

「……っ!!」

「お母さん」の肩が大仰《おおぎょう》に跳ねたが、「俺たち」と一括《ひとくく》りにされた照は当惑する。

「えっ、そうだったっけ……?」

「……実は覚えていて、カマをかけていた訳じゃないんですね……まあ、一瞬のことだったので、俺も思い出したのはさっきなんですけど。ほら、入り口で、俺の顔だけ見ていた」

言われて照の記憶の蓋《ふた》も開いた。

「あっ……、ああー! 確かに……!!」

子供連れに交じっていた若い女性。黒澤オンリーを気にしながら図書館に入っていった彼女は、確かに一人だった。

「だからさっき、俺が声をかけた時、妙に視線を合わせるのを避けたんですよ。決してクルクルパーの知り合いが増えたという理由だけではなく、あなたも思い出したんですよね？　見覚えがある男だと」

「そりゃ、割とイケメン……じゃなくて！　そ、そんなの、あなたたちが言ってるだけでしょう!!」

つられて口を滑らせた「お母さん」は抵抗を続けるが、黒澤はどこ吹く風である。

「第三者の目撃証言を無効とするには、それなりの反証が必要だと思いますが……ま、ならば尚更、公平な判断をするために監視カメラの映像を解析していただく必要がありますね」

そこで彼は、意味深長な間を数秒置いた。

「しかし、トイレの中に監視カメラねぇ……あなたの口から出た言葉としては、色々と皮肉に響きますね」

黒澤の声にこもった軽蔑の響きが強くなる。話はこれで終わりどころか、むしろここからが本番であるらしいと勘付いた照は表情を引き締めた。そう、彼女がトイレの中で不審な行動を取っていた理由が明かされていないのだ。

「以前から噂されていた不審な男ですが、トイレの中で直接無体《むたい》を働くですとか、そういう輩《やから》ではないようです。単にいい獲物が見つからなかっただけかもしれませんが、現行犯は捕まるリスクも高い」

もったいぶった視線が、ワナワナと震えている彼女の頬を撫《な》でる。

「目的はより卑劣な、被害に遭ったかどうかも分からないような犯行ではなかったか。つまりは、盗撮が目当てじゃないか。俺はそう推理しましたが、あなたの考えはいかがです？『お母さん』」

「……！　それじゃ、まさか……!!」

愕然《がくぜん》と瞠目《どうもく》した照の視線も、まじまじと彼女へ注がれる。

「あなた、実は男……？」

「……テルテル先生は本当に、オチしか分からないんですね……」

張り詰めた空気がいきなり解けた。苦笑した黒澤は、一点特化型の担当作家を憐《あわ》れむように見やる。

「違いますよ。この人は骨格からして正真正銘の女性であり、盗撮犯の共犯者。男が騒がれたので女に頼んだ、そういうことでしょう。残念ながら女性としても不審な行動が眼に余り、疑われたので、架空の犠牲者を仕立て上げて騒ぎ、ドサクサに紛れて逃げ出そうとしていたみたいですね」

　警備員に対しては一方的にわめくばかりで肝心なことは何一つ言わず、照にも理性的な反論はせず、勢いに任せて立ち去ろうとしたのはそのためか。理屈は通るが、感情が伴わない。

「なっ、なんで⁉　同じ女性が無差別に、盗撮されるって分かってるのに……‼」

　それは愛と勇気と正義に支配された照の世界観では、まずあり得ない展開である。

　泡を食って聞き返すと、黒澤のため息は深くなった。

「俺は女の敵は女、なんて考えは偏見著しいと思っていますが、だからといって女は全て同じ女の味方って訳じゃないでしょう。知り合いに頼まれた、金を積まれた、あるいはその両方。理由はこれから、ゆっくり聞くことになるでしょうね」

　切れ長の瞳が自称「お母さん」、もとい盗撮犯の共犯者へ向けられる。その眼には一片の憐れみすらなく、彼女のほうも開き直りの境地へ達したようだった。

「なによ、知ったかぶりして」

　捨て鉢な光に満ちた両眼で彼女は黒澤を睨みつけた。先程までの恐怖を忘れたか、その視線は照をほぼ素通りしたが、照は肩を縮こまらせて黒澤の後ろに隠れた。

「全部素人の当てずっぽうじゃない！　人を盗撮犯扱いしやがって、舐《な》めんじゃないよ!! 名誉毀損《きそん》で訴えてやるんだから……!!」

「ええ、俺たちは警察でもなければ、推理小説作家の探偵気取りでもない。筆の遅い作家から原稿を取り立てるのは得意なんですが、強がる犯人を自白させるのは無理です」

「いや、もう八割ぐらい自白させてない……?」

弱々しい照の突っ込みに被さる黒澤の声は爽《さわ》やかだ。

「ですから、そっちは本職にお任せします。お疲れ様でした、無事に盗撮機が見つかったようですね。ネチネチと嫌味に絡むフリをして、時間を稼いだ甲斐がありました」

朗《ほが》らかな黒澤の呼びかけに応じたのは、照と「お母さん」が不毛な怒鳴り合いを始めてから、いつしか姿を消していた警備員たちだった。黒澤が披露した仮説に賛同した彼等は、司書の女性たちにも協力を得て、ひそかに証拠品の捜索を行っていたのである。

「はい。警察の方も、すぐに来てくださるそうです」

「……っ!!」

ビニール袋に入れた小さな機械を見た件の女性が、いきなり走り出そうとした。だがすぐに警備員が立ち塞がり、逃亡は呆気《あっけ》なく防がれた。

元より発作的な行動だったようだ。最早逃げられないと悟った彼女は、青白い顔を今さらのように伏せ、注がれる視線を避けるように床を見据えている。

「申し開きは署で聞こう、というやつですね。老婆心ながら忠告しますが、主犯をさっさとゲロしたほうが、心証もよくなるのではないかと。それでは、俺たちはこのへんで」

とどめの一言を放った黒澤が、折しも彼女に何か言おうとしていた照に呼びかけた。

「行きますよ、テルテル先生」

「あ、う、うん……」

一瞬ためらった照だったが、照の行動もまた反射だった。作家として情けないことだが、気の利《き》いた言葉の用意があった訳ではない。

ネチネチと嫌味に絡んだのはフリじゃなくて素です、と教えたところで、なんの慰めにもならないだろう。バレてるだろうしな。結局そのまま、黒澤と連れ立って図書館を出た。

外へ出ると、麗らかな春の日差しが出迎えてくれた。時計を見れば、図書館の中で過ごした時間はわずか一時間ちょっと。穏やかな天候にさしたる変化はないのが当然である。

分かっているが、気持ちとしてはいっそ雨でも降っていてほしかった。照の描く世界であればヒーローの肩を土砂降りが打っているだろう。身を包む温《ぬく》もりと、いまだ晴れぬ心模様がちぐはぐなのだ。胃に残ったカレーの感触がやけに重たい。

「気になりますか、事の顛末《てんまつ》が」

「……まーね」

言葉少なに応じれば、黒澤は図書館の方向へ眼をやりながら、

「そうですね。俺も可能であれば、取り調べの状況を見学させていただきたいですが、そこまで図々《ずうずう》しくはなれませんからね」

「その考えが十分図々しいけどな⁉」

そりゃ作家として、盗撮犯の取り調べがどんな風に行われるのか、百パーセント興味がないかと言われれば嘘になる。たとえ現在の照の作風とはなんの因果もなかろうが、将来の財産にはなるからだ。

ちなみに照自身は直接猫を飼ったことはなく、祖母の家にいた猫をモデルにしてカクニャンを書いている。いつかは自分でも、と思っているが、今の照が家賃を払える

マンションでペットOKの物件は難しいのであった。

だが今は、到底取り調べに同席する気分にはなれない。調べ物も執筆もしたくない。現実が照の想像世界のように分かりやすく優しい訳ではないと頭では分かっているが、やっぱり、ショックだった。

「なんか、考えちゃうな……女性が盗撮犯に手を貸すなんて……」

盗撮自体が許しがたい犯罪だというのに、それに被害者と同じ女性が手を貸しているとなると、もう完全に想像の埒外だ。照のキャパを超えた事件が、このような身近で起こったことに感性の根幹を揺さぶられている。

しかしながら、これが現実なのだ。照は情けなさそうに片頬を歪めた。

「やっぱり、俺の感性って古いのかな。俺も黒澤さんが言ったみたいに、女の敵は女なんて思ってる訳じゃねーけど……ちょっと、悲しいって感じてしまう」

言ってから、しまったと思った。黒澤のことだから、何を言っているんだという反応が来るに違いない。盗人《ぬすっと》に追い銭、は違うかもしれないが、追加ダメージを食らうのは必定《ひつじょう》だろう。

ところが黒澤の反応は、少し予想と違った。

「いいんじゃないですか、そこは古くても」

茶化す前振りという風ではない。驚いたように見上げた照を静かに見つめ返して、

「そもそも古いと悪いは違う。聖書の時代から人殺しは犯罪です。女性だから、男性だからという区別なしに、盗撮に手を貸す輩なんて胸が悪くなるに決まっています」

黒澤は推理小説作家でもその担当でもない。個人的な不快感を剥《む》き出しにして付け入られないよう、控《ひか》えていた感情が声ににじんでいる。

「多くの読者は『物語』に共感を求めているんです。特にあなたのファンはその傾向が強い。テルテル先生の描くヒーローが、どんな理由があるにせよ、盗撮犯の共犯者に怒りも悲しみも覚えないなどあり得ない」

黒澤自身もそうなのだろう。切れ長の瞳にはありありと軽蔑の色がある。

「女性の立場を利用して、女性の尊厳を踏みにじるような相手であれば尚更です。器用な作家さんなら、自分とまるで異なる価値観のキャラクターを苦もなく書き分けますが、あなたはそうじゃないでしょう?」

「……そうだよなぁ」

口調は素っ気ないが、なんとなく慰められたような気がする。要するに、あなたはそんなに器用じゃないと繰り返されている訳であるが、黒澤が言わんとしていることは理解できた。器用ではない照だからこそ、人の胸に響く世界が描けるのだと。

降り注ぐ春の日差しが、ようやく胸の底へ届いたような感触があった。これなら夕方までにカレーも消化できそうだ。へへ、と照れ笑いを浮かべた照は伸びをしてつぶやく。

「俺はやっぱり人に恵まれてるよ。女子高生に相手にされなくても、あんまり友達がいなくても、すばらしい担当さんがいてくれるし！」

「……そうですね」

米粒程の罪悪感が黒澤の眼の奥に浮かんで消えたが、一瞬だった上、調子に乗り始めた照は気付かない。

「それに、いなくなった子供はいなかったんだ。それだけはよかったよな!!」

誘拐された子供がつらい目に遭うなどといった、最悪の事態は免《まぬが》れたのだ。苦あれば楽あり。すっかり元気になった照が笑うと、黒澤はなぜか白けた顔をした。

「……また、古いＣＭネタを引っ張り出してきましたね」

「え？」

何のことだ？　間抜けなキョトン顔をさらす照を見て、黒澤も一瞬意表を突かれたように眼を見開いたあと、本日最大のため息を零した。

「……いいえ、いいんです。そうですよね、あなたは気の利いた引用どころか、諺《ことわざ》の使い方も大体間違えていますし。なんでもありませんよ。その感性、大事にしてください」

「えっ、な、なに⁉ 俺、また何かやった⁉」

大いに含むところのある言い方ではないか。最高の担当の機嫌を損ねてしまったかと、照は慌てた。

「もしかして誰かのパクリっぽく聞こえた⁉ 違うんだ、俺はただ思ったことを口にしただけ‼ こういうのは前に黒澤さんが言ってたシンクロニシティで説明できるだろう⁉ もしくは、記憶していたことを無意識に口に出したかもしれないけど、決して安易にパクった訳じゃないんだ‼ リスペクト、オマージュ、そういった」

「はいはい、昨今はパクリに敏感ですからね。大丈夫ですよ、そういう意味じゃないんで。あなた程オリジナリティに富む作家は、わざわざパクる必要もないでしょうし」

肩を竦めていなした黒澤は、わざとらしく冷たい表情を作る。

「それはそうと、テルテル先生。この調子では、少なくとも今日は図書館で調べ物はできないでしょう。貴重な一日が、また空費されることになりそうですね」

「ううっ」

そろそろ警察も到着するだろう。図書館が騒ぎになるのはこれからだ。照の気持ちは幾分回復したとはいえ、調べ物ができる状況ではない。

「明日もまたバイトでしたし。はぁ、困りましたねえ。せっかく締め切りを延ばしたのに、果たしてテルテル先生の本はちゃんと刊行されるのか……」

嫌味ったらしい視線を寄越されて、照はピンと背筋を伸ばした。

「い、いや、大丈夫だって！　黒澤さんが思ったより優しかったし、今日はこのまま帰って、資料を使わない部分の推敲を進めます！　今度こそ、締め切りを守ってみせるから……!!」

「本当ですか？」

「本当だって!!」

幾度となく繰り返してきた誓いである。つまりは同じ数だけ破ってきた誓いであるが、口にする瞬間の照は真剣そのものだ。

「がんばります！　がんばって、カクニャンだけじゃなく、カピバラ様のことも読者さんに可愛《かわい》がってもらえるように努力する!!　さすがにうちのばあちゃんちでもプレーリードッグは飼ってなかったから、今度動物園に行ってこなきゃ……！　図書館に置いてあった関連書籍は、もう全部読んじゃったし……!!」

「……あるんですね、関連書籍」

ペットとしては、意外とメジャーな動物なのだろうか。思わずつぶやく黒澤にやる気を見せようと、照は気合いを入れる。

「やるぞー！　恋姫先生みたいな、面白くて稼げる作家になるぞー！」

「それは本気で勘弁してください」

真顔で断る黒澤をよそに、誓いを新たにする。

「岡田さんにも認めてもらえるような、すごい作家になるぞー!!」

「……ええ、本当に、がんばってください」

岡田の名前を出した途端、黒澤の顔が微妙に曇った。それを察した照は慌てて弁解する。

「違うよ、黒澤さん、もう本当に彼女のことを狙ったりしてないから！　俺は純粋に、バイトの先輩として、作家の先輩として、手本になりたいと思ってるだけで……！まあバイトは辞めちゃったんだけど、彼女……!!」

「その心配はしてないんですが……いや、いいです。テルテル先生はとにかく、いいものを書いてください」

曖昧《あいまい》な表情を捨て去った黒澤の眼が、意地の悪い光を放つ。

「そうすれば彼女も、『文章レベルが低すぎて正視に耐えない』なんて書評を引っ込めてくれると思いますよ」

「……ちょっと待って、あの書評ブログ、岡田さんがやってるの⁉」

突然投下された爆弾に直撃され、照の声は裏返った。

「あなたが前にあれを読んで、盛大に落ち込んだ時に削除依頼を出したことがありましてね。その時は無視されたんですが、先程ご自分から正体を明かしてくれました。自分からは言いづらいから、テルテル先生にも伝えてほしいとのことでしたので、個人情報漏洩《ろうえい》には当たりません。ご心配なく」

しれっとした顔で説明されたところで、衝撃が大きすぎて後半はほとんど耳に入らなかった。どう反応していいものやら、ウーンウーンと奇妙なうなり声を上げる照を見つめて、黒澤は小さくつぶやいた。

「いいものを書いてください。――あなたにしか辿り着けない世界に、俺も連れて行ってください」

その声もまた、照の耳には入らず風に流れて消えた。

第三話　作家探偵、カンヅメされる

初稿が終わった。改稿も済ませた。全体的な流れだけでなく、一つ一つのイベントや、初稿の段階で問題アリと指摘されていたラストシーンまで、口うるさい担当編集からOKが出た。

合間に原稿以外に必要な文章、折り返し部分に入る著者のプロフィールや後書きといったものも書いて送った。プロフィール文章は毎回同じ内容で使い回す作者もいるが、白川照《しらかわてる》ことテルテル自身が、好きな本は隅々《すみずみ》まで舐《な》め尽くすように読むタイプだ。あまり時間がない時も（いつもないが）、きっちり書き下ろすようにしている。

もちろん文章原稿の他に、表紙や挿し絵といったイラストレーターにお願いしている部分もばっちり揃《そろ》っている。メール添付で送られてきた画像を見て、照は「俺のカクニャンー!!」と真夜中に歓喜の雄叫《おたけ》びを上げた。

日頃文字の羅列《られつ》で妄想を形にしている作家は、その妄想を絵にしてもらえると喜びで一時的に正気を失うのだ。特に締め切りで煮詰まっていると、そうなりやすい。

　喜びを熱くしたためて返信したメールには、イラストレーターの虹子《にじこ》からの「いつも熱い感想をありがとうございます！　こちらこそ励《はげ》みになります」という優しい返信に加え、口うるさい担当編集こと黒澤育郎《くろさわいくろう》による現実を思い知らせるお言葉があった。

『毎度ながら熱のこもった感想をありがとうございます、テルテル先生。虹子先生も喜んでいらっしゃいましたよ、あんなに原稿を待たせたのに本当にいい方です。ですが、この分量の感想を今書くぐらいなら、最終修正に気力を割《さ》いてください』

はっ、何を言ってるんだ黒澤さん!!　すでに作業は九分九厘《くぶくりん》終わっているんだ!!　残りは最後の細かな修正だけ!!　もちろん、ここを詰めきらないと後悔が残るデキになっちまうから、必要なだけ時間はかけるけども!!

待たせちまったな、読者のみんな!!　一ヶ月も発売を延期してしまって、本当に申し訳ない!!　その分俺の魂を込めた、最高の一冊に仕上げて見せるぜ！　絶対読んでくれよな!!　できれば予約もしてくれよな!!

　そんな風に自信満々だった時代《とき》が、照にもあったのだ。

「おはようございます、テルテル先生。時間ぴったり、よろしいですね。待ち合わせには遅れない姿勢、いいと思いますよ」

「うう……」

午前九時。風伝《ふうでん》出版が入っている貸しビルの一階にて、照は黒澤に出迎えられていた。長期間の作業に疲弊《ひへい》し、すっかりへばっている照とは対照的に、黒澤はいつもどおりだ。いつもの眼鏡《めがね》、いつものスーツ、いつもの嫌味でがっちり武装。

「待ち合わせには遅刻せず、プロフィールも毎回書き下ろし、表紙や挿し絵の一枚一枚に熱烈なコメント……すばらしいです。ああ、今度こそ締め切りを守るという誓いも毎度熱気が感じられますよね。おかげで俺もついつい、甘い顔をしてしまう訳ですが」

「……ううう……」

何か一言ぐらい反論したいところだが、生憎《あいにく》と反論材料は品切れである。奥歯がすり減りそうな程にギリギリと噛《か》み締めながら、その隙間《すきま》から恨みがましい声を漏《も》らすことしかできない。

「ですけどね、テルテル先生。世の中には、超えてはならないラインというものが存在している訳です。その線を、あなたは踏み越える寸前だ。理解していますね？」

「はい、理解してます……ですからカンヅメなんて、旧時代の遺物が発動した訳で……」

カンヅメ。それは原稿が遅い作家を挽肉《ひきにく》にし、缶詰に詰めて売って少しでも利益を出すこと。

ではもちろんなくて、原稿が遅い作家を編集者がホテルや旅館に軟禁し、半強制的に集中させて執筆を促《うなが》す行為を示す。

とはいえ、カンヅメはやる方にもやられる方にも、かなりの負担がかかる。精神的にも肉体的にも、そして金銭的にも。コスト削減が叫ばれて久しい昨今ではめっきり聞かなくなったが、照が最後のツメ作業にあまりにも時間を食っているため、やむなく発動となったのである。

「編集部への軟禁ですので、コスト的にはさほどではありませんけどね。しかも、たった半日余り。カンヅメと言うのも憚《はばか》られる、お手軽なものですよ。ねえ？　テルテル先生」

「そ、そうだよな……そもそも、そんなに長くカンヅメされるような時間の余裕はないし……なにせ今日の夕方がデッドだし……」

状況は大変に切迫している。ぶっちゃけ本が発行できる、できないの瀬戸際である。

これ以上は神様が許しても、印刷所様が許しませんよ？　という崖《がけ》っぷちであった。

「それに、カンヅメなんて初めての経験だ！　なんでも経験して芸の肥やしにするのが作家ってもんだよな!!　この経験を経《へ》て、俺も一回り成長を……あだっ」

テンション上げて行こうとする照の後頭部を小突き、黒澤は笑った。表情筋だけで。眼鏡の奥の瞳は憤怒《ふんぬ》に燃えていても、形としては笑顔を作れるのだから、さすがイケメンは何でもできるなぁアハハ。

「奇遇ですね。俺も作家をカンヅメなんて、初めての経験です」

懸命に現実逃避しようとする照であるが、もう何年も共に世知辛《せちがら》い出版界を泳いできた仲だ。照の退路を塞《ふさ》ぐことにかけて、黒澤の右に出る者はいない。

「初心者なので、飲み物はもちろん、食べ物の差し入れも用意したイージーモードで行こうと思いましたが……しょっぱなからハードモードを経験したければ、協力しましょうか？　まずはトイレの制限からですかね」

「い、いいです……ごめんなさい、調子に乗りました……何もかも俺のワガママのせいです……本当にごめんなさい……」

黒澤の表情がすでにナイトメアモードである。無駄な足掻《あが》きを放棄した照は、心の底から謝った。

締め切り当日という極限状態であるのだが、実のところ、九分九厘原稿は出来上がっている。残っているのは本当に最後の最後、出版社サイドの人間でなければ読み飛ばしてしまうような部分だけ。

要するにこれでOK、入稿しようと思えば、いつでも出来る状態ではあるのだ。むしろ細かな瑕疵《かし》があったほうが、訓練されたテルテル先生のファンたちは「貫禄《かんろく》の革新的誤字」「二行前に全裸だった主人公が平然と外に出た、俺はこういうのを待ってたんだ」などと盛り上がる可能性すらあった。

無論照としては、全裸で外に出る必然性があれば書く。必要があるのに全裸で外出できないような軟弱者を、照は主人公として認めない。

しかしながら、意図せぬ誤字脱字や展開の矛盾は取り除かれていなければならない。もちろん、あまりにもヤバいところは黒澤や校正者の指摘で取り除かれているのだが、熟練の彼等《ら》とて、照の思惑《おもわく》全てを読み切れる訳ではない。照がこの展開に必然性を感じているか否かは、結局のところ本人にしか判断できない。

そしてその判断が完全に終わるのを待っていた結果が、カンヅメという訳である。

「……まあ、いいんですけどね。決断の時期を見誤ったのは、俺の責任でもあります」

あとちょっと、あともう少しだけと言い続け、かたくなに最終原稿を渡さない照を、黒澤はチクチク嫌味を言いつつも待ってやっていたのだ。見通しが甘かったと反省しているようである。

「その分きっちりしっかり、いい作品に仕上げてもらいますからね、テルテル先生」

「もちろん!!」

少し気持ちが上向いた照は、促されるままエレベーターに乗った。

風伝出版はビルの八階に入っている。エレベーターを降りてすぐに簡易な受付があり、黒澤の顔パスで通過すれば、その先は全て編集部だ。

真《ま》ん中《なか》文庫編集部だけではなく、主力であるコミック部門、雑誌など、全ての編集部がここにひしめいている。ただし見た目はいずれも似たようなものだ。並んだデスクの上には校正待ちの原稿やら単行本やらが積み重なっており、パソコンに向かって黙々と作業をしている編集者の顔がチラホラと見える。

ただしその人数は少ない。一般企業と違って、出版社はフレックスタイム制の採用率が高く、風伝出版もその例に漏れない。勤務時間に関して融通が利《き》きやすいのだ。コアタイムはあるらしいが、もっと後なのだろう。

「相変わらず、どの島がどの編集部かサッパリだなぁ」

　ここは何々編集部です、などと札がかかっている訳ではない。特に間仕切りなども ないので、慣れない照には区別が付かない。

「情報交換をすることが多いので、このほうが風通しがよくていいんですよ。編集部を兼任している者もいますからね。とりあえずあなたは、うちの編集部の場所だけ覚えてください。前も教えましたが、どうせ覚えていないでしょう？　俺の席はここです。今日は一日、俺も編集部から出ない予定です」

　そう言いながら黒澤がデスク島の間を進んでいくと、横合いからダンディな初老の紳士が声をかけてきた。

「あ、黒澤くん、テルテル先生、いらっしゃい」

　岡田《おかだ》の件でもお世話になった真ん中文庫編集部の編集長、灰島仙人《はいじませんと》だ。きれいな白髪を撫《な》でつけた彼は、いつも品よく着飾っている。先日はスーツ姿だったが、本日は和装なので編集者というより古きよき文豪という感じだ。名前のせいで、そのものズバリ「仙人《せんにん》」ともあだ名されている。

　真ん中文庫を任せられる前は文芸部門の編集者として長く、実際に文豪たちと親交を持っていたとか。そのせいか、真ん中文庫というライトな名前にいまだ不満を感じていたらしく、「僕は中庸《ちゅうよう》文庫がいいと思ったんだけどなぁ」と零《こぼ》しているのを聞いたことがある。

「チッ、どうして今日に限って、こんな朝の早い時間に……」

隠れて舌打ちした黒澤を尻目に、照はぱっと顔を輝かせて挨拶《あいさつ》をした。

「編集長！　お久しぶりです」

「やあ、こんにちは。この間は挨拶もできなくてごめんねぇ。まさか、あんな形で会うことになるとは思わなかったよ」

おっとりのんびりした灰島の言葉に黒澤のような棘《とげ》はないのだが、時に黒澤よりもざっくりと照の心を切り裂くのだった。

「そ、そうですね……できればもっと、違う形でお会いしたかった……」

岡田とのイザコザによりできた古傷がうずき始める。くずおれまいと必死の照に、灰島はにこにこと続けた。

「今回も、まさかカンヅメとはね！　懐《なつ》かしいなぁ、これでテルテル先生も文豪の仲間入り！　なんてね!!」

「うっ、うぅっ……！」

灰島なりのハイブロウな冗談なのであろうが、状況が状況なので傷に染みるったらない。間髪《かんはつ》を容《い》れずの連続攻撃に照は心の中で膝《ひざ》を折った。

黒澤とは主に原稿の催促で、一週間に一度のペースで顔を合わせることもあるが、さすがに編集長と会う機会は少ない。岡田のことはさておき、ちゃんと顔を合わせるのは去年の年末に開かれた謝恩会以来であるというのに、ていたらくをお見せすることになってしまった。

「ですが、今度の本はいい出来に仕上がってますんで！　ていうか、今から仕上げるんで!!　この御恩は作品で返しますから、どうかお見捨てなきよう……!!」

「さすが時代劇作家。台詞《せりふ》回しがそれっぽいね」

「いや、俺の話、舞台は一応現代なんですけど……？」

愛想笑いを引きつらせる照の横から黒澤がイライラと口を挟んできた。今日この日、のんびりした灰島とすぐ気が散る照の組み合わせを彼は望んでいなかった。

「編集長、申し訳ないですが、この間説明したようにテルテル先生には時間がないんです。さ、行きますよ、テルテル先生」

「ああ、そうだったね。ごめんごめん」

グイグイと腕を引っ張られていく照を、灰島はさほど未練はなさそうに見送る。照も切迫した状況だとは分かっているので、とにかく納得のいく仕上げに集中しようとしたところ、灰島がちょっと申し訳なさそうな声を出した。

「うーん、でも、テルテル先生じゃなくて、黒澤くんに一応確認したいことがあるんだ」

「……なんですか？」

嫌な予感を覚えたようである。眉をひそめる黒澤に、灰島は質問した。

「返却を依頼されていた恋姫《こいひめ》先生の原稿が行方《ゆくえ》不明なんだけど、知らない？」

「はぁ？」

先日も話題に上った売れっ子漫画家の名前を聞いて、照は眼《め》を見開いたが、黒澤は遠慮ゼロのしかめ面を作った。

「どうして俺が、そんなものを？　あの人の担当は淡路《あわじ》さんでしょう。彼女に聞けばいいかがです」

「もちろん、淡路くんにも聞いたよ。でも、知らないって言うからさ。僕も探してるんだけど、見つからなくて……」

「恋姫先生の原稿が、見つからない……⁉」

黒澤にむんずと腕を掴《つか》まれたまま、照はみるみる顔色を変えた。

「大変だ！　あの人の作品って、全部アナログですよね。それが行方不明となると、取り返しが、あいてっ‼」

興奮してまくし立てた照の腕に、ギリギリギリリと食い込む黒澤の腕。イケメンは力も強い。怒っていれば、なお強い。

「他人の原稿の心配をしている場合ですか？　テルテル先生」

短い一言ながら、そこに照が受け取るべき全てが込められていた。――てめえ、まさかこの期《ご》に及んで、またいつものお節介を発動させる気じゃあねえだろうなぁ？

アアン？

「滅相《めっそう》もございません」

時代劇であれ現代劇であれ、この場合言うべき言葉は決まっている。素直に応じた照を掴む指先が少しだけ和《やわ》らいだ。

「とにかく、あなたは小会議室にカンヅメです。さっさと来てください。では編集長、いったん失礼します」

「うん、あとでね」

うなずいた灰島の眼はすでに二人を見ておらず、付近の棚をガサガサやっている。元々マイペースな人物であるが、それに加えて恋姫の原稿の行方が気になっているのだろう。

照もとっても気にはなるが、そうと口に出したが最後、照自身が行方不明にされそうである。自分の仕事を片付けてからだと、己に言い聞かせた。

黒澤が照をカンヅメにするために用意した小会議室は、編集部の脇に備え付けられた小さな部屋だ。広さは六畳ほどで、中央に長方形のテーブルと椅子が四つ、あとは内線電話とテレビがあるだけの殺風景な場所である。

「へえ、こういう感じなんだ」

一般企業ならどこにでもありそうな部屋も、一般企業への就職経験がない照には物珍しい。せっかくだから、とスマホを取り出し資料写真を撮っている間に、黒澤はテーブルの上に置いてあったコンビニのビニール袋の中身を取り出し始めた。

「朝は食べて来ていますよね。昼と夜の分のカレーと、あなたの好きな菓子はいくつか買ってあります。飲み物は水とコーヒーなら編集部に備え付けのサーバーがありますので、無償でいくらでもどうぞ。缶コーヒーやジュースは編集部を出てすぐのところに、自販機があったでしょう？　あれでどうぞ。トイレは自販機のすぐ左です」

立て板に水と説明されては、苦笑するしかない。これから夕方まで、絶対にこの階から外へ出さない、という強い意志を感じた。

「い、至れり尽くせりだなぁ……あの、これの分のお金、俺が出すから」

「いいえ、結構です」

せめてと財布を開けようとしたが、すげなく一蹴《いっしゅう》された。

「その代わり、あなたは最終修正が終わるまで、飲み物とトイレ以外の理由でこの部屋から出ないでくださいね。俺は編集部にいますので、出る際は何の用事か必ず報告してください」

「……分かりました……」

分かっちゃいたが、始まる前からなかなかのプレッシャーである。ぞっとしない顔でうなずいた照に、まだ指示は続く。

「電源はそこです。とっととパソコンを出して、作業に入ってくださいね。筆記用具は持って来ていますか？　ないなら貸してあげますから、何が必要か言ってください。改稿分の打ち出しは持って来ていますよね？」

「持って来てるわい、それぐらい!!」

原稿は全てパソコンで作成している照だが、大まかな流れは問題なしとなった原稿は一度印刷され、分厚い紙束となって手元に届けられる。そこに細かな修正を書き足し、あるいは不要な部分を削除して黒澤に渡せば完成だ。

最終修正まで全てパソコン上で行う著者、もしくは編集部もあるようだが、実際に発売される形で自分の文章に向き合うことで、それまで見えてこなかったアラも浮かんでくる。見えすぎて最終稿に時間をかけすぎている照にとっては諸刃《もろは》の剣《つるぎ》でもあるが、ここで手を抜いては今までの努力が台無しだ。踏ん張りどころである。

「では、終わったら声をかけてくださいね。俺も自分の飲み物を買いに行きますので、数分だけ席を外しますが、すぐに戻りますから」

「あ、じゃあ、俺も」

「だめです」

つられて出ようとした照を、黒澤はじろっと睨《にら》みつけた。

「来たばかりでしょうが。幼稚園児だってもっと待てますよ？　ほんの数分ぐらい我慢してください」

「でも、俺はできれば、水やコーヒーじゃなくてさ」

「分かっていますよ、どうせカフェオレでしょう？　最初の一本はサービスしてあげますから、俺が戻ってくるまでの間に、作業環境を整えてくださいね」

「はーい……」

徹底していらっしゃる。諦《あきら》めた照は、おとなしくノートパソコンを取り出して準備を始めた。

パソコンを起動し、文房具を取り出し、修正箇所に付箋《ふせん》を貼った原稿をテーブルの上に広げる。

「えーと、一番校正さんが気にしていたのは、なんでカクニャンがラストバトルの場に現れることができたかって部分だったよな。でもなぁ、ラストバトルだもんな、そりゃ仲間が全員集合するに決まってるんだよな……」

この手の辻褄《つじつま》合わせは照がもっとも不得手とする部分だ。いったん保留とし、まずは頭から順番にチェックしようと、最初の一頁《ページ》をめくった瞬間だった。

「風伝出版一の稼ぎ頭、恋姫ですけど!!」

効果音で表すならバーン。もしくはドーン。さもなくばドゴーンでもズガガガガンでも何でもいいが、とにかく破壊的な擬音が似合う存在の怒号が、朗々《ろうろう》と響き渡った。あまりのド迫力ゆえにこの部屋のドアを蹴破《けやぶ》って入ってきたのかと思ったが、ドアは閉まっている。そもそも、どこのドアも破られていない。道場破りのような大声を発しながら闖入者《ちんにゅうしゃ》が襲来したのは小会議室の外、編集部だ。

思わずドアを開け、隙間から外を覗《のぞ》いてしまう。一人の女性がカッカッとヒールを打ち鳴らしながら歩いてくるのが見えた。

年の頃は三十代か四十代か、年齢不詳《ふしょう》気味でもあるが、照よりは確実に年上だろう。セミロングの髪は肩の上で入念な計算に基づいたカールを描き、お召し物はバブル時代も真《ま》っ青《さお》なボディコンワンピース。色は鮮血のような赤。

雑誌のインタビューなどに載っていた写真どおりのお姿だ。本人のおっしゃるとおり、風伝出版一の売れっ子漫画家、恋姫その人である。年下のおとなしい女性を好む照はもちろん、生半可な男では近寄れない雰囲気の美女だ。

いや、果敢《かかん》に、というか特に何も考えてなさそうな笑顔で近寄っていく者がいた。灰島だ。強い。

「あ、恋姫先生。うーん、とうとう来ちゃったか、まあ来ちゃったものはしょうがないなあ。申し訳ないですねえ、わざわざご足労いただいて」

「フン、本当にね」

灰島は割と気まずいことを口走ったような気がするが、聞こえていないのか、意識して無視したのか、恋姫はそこには突っ込まなかった。

「締め切りが終わったばかりとはいえ、すぐに次の締め切りが来てしまうというのに！　ああ、つらい！　売れっ子ってつらいわ!!」

照が時代劇なら、恋姫の台詞回しは劇画だ。大袈裟《おおげさ》なのは言葉だけではなく、手入れのいい髪を振り乱して訴える様には大女優のごとき貫禄があった。

「だけど、作家として、締め切りと同じぐらいに守らねばならないものがある……それは、我が魂を込めし生原稿！　雑誌に載り、単行本が発行されたからといって、無下《むげ》にはできない愛《いと》しき分身たち!!」

今度は我と我が身を抱き締めるようにして、彼女は悲しみを表現した。対する灰島のノホホンテンションに変化はない。

「そうですねぇ。恋姫先生の本なら、よく重版もかかるし」

重版とは、刊行した本の売れ行きがよいため、追加で本が刷られることだ。一般的に紙の本は刷り部数に印税率をかけることによって作家への支払いが決まるため、作家としては大変ありがたい。収入を抜きにしても、人気を実感できる旨《うま》みの大きいイベントである。

「まあ、昔と違って、一度印刷してしまえば、生原稿を印刷所に回す必要もないんだけど」

「ええ、もちろん！」

灰島の補足を恋姫の大仰《おおぎょう》な断言が蹴散らした。

「――嗚呼《ああ》、なのに、それなのに、嗚呼！　ブラックスワンの能なしどもめ!!　この私の玉稿を紛失などと……許すまじ!!」

悲しみから怒りへ、表出する感情が推移することで、恋姫の声は一層熱く激しくなった。般若《はんにゃ》もかくや、とばかりの慟哭《どうこく》に照は竦《すく》み上がっているが、灰島はペースを崩《くず》さない。

「うん、本当にごめんねえ。編集長として、僕からも改めて謝ります」

実は灰島は、真ん中文庫だけではなく、雑誌とそこに載った漫画を単行本として出版している、ブラックスワンの編集長も兼ねていることを照は思い出した。ならば尚《なお》のこと、そんなにノホホンとしてる場合ですか？　と突っ込みたく思っていると、消え入りそうな声がギリギリで耳に届いた。

「わ、わた、私も、謝ります……本当に本当に、申し訳ありませんッ」

聞き覚えのない、哀れを誘う女性の声に思わず前のめりになった照の眼に映ったのは、恋姫の堂々たる肢体《したい》に隠れるようにして立つ若い女性である。恋姫と一緒に来たようなのだが、オーラが違いすぎて全く気付かなかった。

年齢は照と同い年ぐらいだろう。恋姫と並ぶと薄べったさが際立つ体型、淡い色のカーディガンにタイトスカートという大衆的な服装。彼女が先程黒澤が口にした恋姫の担当編集、淡路琴子《ことこ》であると思われた。

コメツキバッタのようにペコペコと頭を下げるたび、ボブカットの髪が激しく揺れる。今回の件でよほど追い詰められているらしく、細面《ほそおもて》の薄幸そうな顔は真っ青だ。胃のあたりを押さえているので、胃炎を発症しているのかもしれない。

「ああ、いいのいいの、淡路さんはまだ恋姫先生の担当になってから日が浅いし」

声は元より本人が消えそうな淡路を灰島が気遣うが、恋姫はくわっと眼を剥《む》いた。

「お黙り淡路！　お前みたいなドシロートが、編集者面して謝ろうなんて百年早いッ。恥を知りなさい、恥を!!」

「ひぎッ」

派手に怒鳴りつけられた淡路は、奇妙なうめきを上げて固まった。恋姫はフン、と尊大に鼻を鳴らしてから、大仰なしぐさで髪をかき上げる。

カールの先が美しい放物線を描く様は、さながら彼女の漫画の一コマだ。効果線と舞い散るトーンが見えそうだった。なお、作画にこだわりの強い恋姫は背景トーンなどは一切使わないらしい。

「お前も灰島も頼りにならないから、忙しい私が自分で来たんじゃないの！　さあ私の原稿はどこ!! 案内しなさい、灰島!」

「そうだねぇ、僕も連絡をもらってから、ずっと探してるんだけど……」

淡路は今にも引きつけを起こしそうな有様であるというのに、灰島はいまだにマイペースを保っている。そして照は、無言で強く小会議室のドアノブを握り締めた。

恋姫は照にとって憧れのクリエイターである。彼女が怒り、嘆いている。

淡路は照のウィークポイントであるか弱い女性だ。彼女は怯《おび》え、救いを求めている。

しかしながら、照が一歩を踏み出した理由は、二人の役に立ちたいという感情からではない。もちろんそうは思っているが、もっと根源的な、魂の奥底から沸き起こる熱に今の照は支配されていた。

ぐつぐつと煮えたぎる脳から立ち上る水蒸気で歪《ゆが》む視界の向こう、背骨を伸ばして立つ真実。それは照の到着を待っている。孤独に耐え、摩耗《まもう》しながら、それでも互いの存在を希《こいねが》う、愛しき旅人を待っている——

「恋姫先生が悪い!!」

ババーン。ドッカーン。チュドーン。ドンガラガッシャン。

そんな感じの擬音を背負った照は、声高らかに叫びながらカンヅメルームを出た。

同時に編集部は、音を吸収する未知の物質でも投げ込まれたかのように静まり返る。

「あ……、あれ、テルテル先生？」

さすが天下無敵のマイペース、灰島が一番早く立ち直った。

「お、もしかして、黒澤くんが困ってる例のヒラメキが来ちゃったの？」

ただし灰島にしても、ヤベー展開になったことは肌身で感じているらしい。少々顔が引きつっている。それを見て照も、ヤベー引き金を引いた事実を今さら思い知った。

空気が緊張して乾き、眼の端がピクピクする。

「お、お話の途中に失礼します！　あの、でもッ、俺は、こ、恋姫先生が、悪いと、思って……」

「……誰、お前」

地の底から湧き出すような誰何《すいか》は、もちろん恋姫である。その表情は恐ろしく静かだが、隣の淡路は泡でも吹きそうな顔をしていた。

照も背筋が鳥肌立つのを覚えたが、灰島の言う「ヒラメキ」が今も背中を叩《たた》いている。お前に授けた真実を人々に知らしめる責任があると、主張している。

――OK相棒、お前のことだけは裏切れないぜ。腹を括《くく》った照は、まっすぐに恋姫の眼を見つめた。

「初めまして、俺は小説家のテルテルと申します！　お目にかかれて光栄です恋姫先生、俺、ずっとファンで……!!　恋姫先生のコミックスは全巻持ってます。ノベライズもまだ読んでないけど買いました！　締め切り明けのご褒美《ほうび》にします！　ご自分をマイネームイズゴッドっておっしゃってたインタビューには痺《しび》れました!!」

怒濤《どとう》の勢いでまくし立てると、恋姫は意表を突かれたようだ。瞳の中の吹雪《ふぶき》が幾分減じたことを察した照は、余勢を駆って続けた。

「あの……でも、今回の件は、恋姫先生が悪いと思います!!」

再び編集部に沈黙が訪れる。運悪く出社してきた編集者が、無言でもう一度エレベーターで一階まで降りていった。

「申し訳ない、恋姫先生。編集長としての僕の監督不行き届きです」

またしても最初に口を開いたのは灰島だった。ノホホンマイペースに見えて、出版界の荒波を長年渡り、編集長となった人物なのだ。誠実を絵に描いたような表情で頭を下げると、

「大名行列の前に無知な農民が転がり出た。その程度に考えてもらえないかな？　さあ、テルテル先生。恋姫先生が大きな器を示してくださっている間に、カンヅメルームに戻って戻って。そして最低二時間は出て来ないで」

「待ちなさい」

まだ時代劇云々《うんぬん》が尾を引いているのか、時代がかった喩《たと》えで全てをなかったことにしようとした灰島であるが、恋姫が強張《こわば》った表情で待ったをかける。淡路は胃を押さえながら手近の机にもたれた。

「灰島。監督不行き届きということは、このテルテルとか抜かす無礼な小僧は、お前が飼ってる作家なのね？」

「……執筆をお願いしている作家さんかっていう質問なら、答えはイエスだねぇ」

曖昧《あいまい》な言い回しで濁す灰島の回答を、恋姫はぶった切った。

「ふうん、ということは真ん中文庫の作家か。私の記憶に残っていないということは、大した作家じゃあないわね」

断言する恋姫に、灰島はやんわりと訂正を促した。

「恋姫先生の記憶に残っていないからといって、大した作家じゃない、と決めつけるのはよくないと思うよ。カフカとかさ、生前まるで売れなかった文豪なんて、いくらでもいるし」

「待ってください編集長、俺は生きてる間は売れないと思ってるんですか？」

流れ弾《だま》で余計に傷付く照だったが、恋姫はさらに容赦《ようしゃ》がない。

「少なくとも、私より稼いでいないのは事実でしょう？　小説の市場は漫画の十分の

一、百分の一の世界だもの。もちろん中には百万部単位で売り上げる売れっ子もいるけど、そこまでの才能なら、この恋姫の眼に留まっているはずよ。才能はまだしも、売り上げぐらいはね！」
「うぐぅっ」

誠におっしゃるとおり、完全なるド正論である。おかげで淡路と並んで胸を押さえて机にもたれる羽目になった。

「真ん中文庫編集部自体が、それほど売れているという話も聞かないし。メディアミックスの一つもなしでしょう？　灰島に黒澤と、優秀な編集者が二人も揃っているというのに、情けないったら!!」

大仰に腕を振り回し、不甲斐《ふがい》ないと嘆く恋姫に灰島は苦笑した。

「手厳しいなぁ。まだこの文庫自体、創刊から日が浅いしねえ。もうちょっと長い眼で見てもらいたいんだけど」

「何を言っているのよ、創刊から六年でしょう!?　全く、まだ文芸誌のスピード感なのね！」

メディアによって刊行速度は違う。ライトノベルのシリーズ物なら、三、四ヶ月に一冊出すことが目標だ。対象年齢が低く、入れ替わりが激しいので、早く続きを出さないと読者が離れてしまうためである。

しかし灰島が長年携わっていた文芸の世界は、三年に一回というペースもザラだ。名前どおり、文芸とライトノベルの中間である真ん中文庫であるが、シリーズ物の発刊ペースはある程度の速さを求められている。ただし灰島自身は上層部からのお達しでそう言っているに過ぎず、体内時計はいまだ文芸寄りなのだった。

「話を戻します。テルテル、お前、この私が悪いとはどういうこと？」

いい加減脱線が長いと思ったらしい。恋姫が仕切り直しを始めた。

「え……っ、あ、あの……」

いまだ心の傷が癒えておらず、狼狽《うろた》えた照であるが、自分が蒔《ま》いた種だ。尊敬してやまないクリエイターに正面きって牙を剥いた以上、相応の説明責任はあるだろう。

「その……、理由は、わ、分からないんです、けど……あのッ、でも！　ガーンと！　ドーンと！　来たんです!!　俺のアンテナに、こう、超特大の雷みたいなものが!!」

責任は感じていても、説明能力はない照であった。ところが恋姫は、何かを感じ取ったようだ。

「……そうね。創作者には時に、天啓のようなものが舞い降りる。私にも何度も経験のあることだわ。むしろそれがなければ、描けない」

ワンピース同様、曇りなく赤い唇に共感の笑みが浮かぶ。

「なるほど。お前も、私と同じタイプの創作者って訳」

「こ……光栄です！」

感極まった照の眼が潤んだ。まさかのどんでん返し、望外の喜びとはこのことだ！

やはり名クリエイターは器も大きい。ここは一つがっちりと親愛の握手を交わし、ついでにサインなどしてもらえないだろうか。

そんなウルトラハッピーエンドなど、まあ迎えられるはずもなく。

「笑止!!」

恋姫の断言が吹き荒《すさ》ぶ。自分が言われた訳でもないのに、淡路はヒッと喉を鳴らして背筋をピンと伸ばした。それを尻目に、女帝の咆吼《ほうこう》は鳴り止まない。

「仮にタイプが同じだとしても、私とお前では圧倒的桁違《けたちが》い!! 月とスッポン！ 提《ちょう》灯《ちん》に釣り鐘《がね》！ 比べられるだけで光栄であると同時に、私と並び立とうとする不遜《ふそん》さに恥じ入るべき!!」

「とんでもない！ 俺は並び立とうなんて」

「お黙りッ!!」

照の弁解を一喝《いっかつ》で退けた恋姫は、両手を腰に当ててフンッと肩をそびやかした。

「いきなり出て来て何かと思ったら、よりにもよって私が悪い？　しかもその理由が雷がドーンでガーン？　ふざけないでちょうだい！　そんな説明で他者を納得させられるのは、スーパーウルトラミラクル売れっ子だけ!!　つまり！　この！　私!!　だけ!!」

恋姫が右手を豊かな胸に当て、力強く区切って言葉を発するたび、同時に吹き出す圧に押し潰されそうだ。生物としての格が違う感じがする。淡路など、最早《もはや》ヒィとも鳴けずピィピィうめいている。

照もできれば、ピィピィ鳴きながら土下座して許しを請《こ》いたい。だが、それはできない。一度乗りかかった船だ。スーパーウルトラミラクル売れっ子先生のプライドに泥をぶっかけたのは、彼女を侮辱《ぶじょく》するためではないのだから。

「わ、分かってます。俺はいつもオチしか分からなくて……だから、いつも、オチに辿《たど》り着くまでの説明は黒澤さんに任せっぱなしで……！」

脱線していたこともあり、体感では結構な時間恋姫と対峙《たいじ》している気がするが、頼りになる担当はまだ飲み物を探しているのだろうか。自販機までは歩いて数分の距離のはずだが。

コーヒーにはミルクを入れないと飲めない照と違い、黒澤はブラック派だ。一日に何本も飲むので、胃を痛めてドクターストップがかかったことがあるとか。コーヒーの銘柄にもこだわりがあるようなので、もしかすると希望の商品が品切れで、どこかへ買いに行ったのかもしれない。

恋姫に気付くなりエレベーターで降りていった編集者のように、戦略的撤退をしたとは思わない。黒澤さんはそんな人じゃないやい。先日の図書館での一件では、妙に恋姫の話題を避ける素振りがあったが、まさか、そんな。俺を見捨てるとか、ないない。

トイレに寄っているのかもしれないし、無意味な疑いを抱くのはやめよう。そもそも彼が戻ってくれば、鬼の居ぬ間に何をやっているのかと怒られるのは眼に見えているのだ。今のうちに事態を収束させるのだ！

「でも、だけど！　オチだけは、はっきりと分かるんです！　原稿紛失の件は、恋姫先生が原因です!!　これだけは間違いな、ヒッ!?」

気合いを入れ直し、熱く訴える照の火照《ほて》った頬を冷風が撫でた。美貌を歪めた恋姫の放つオーラは、濃姫なるネットスラングどおりにねっとりと濃く、炎を凍結させたかのような異様な迫力があった。

「この私を前にして、支離滅裂な持論を引っ込めない度胸だけは褒めてあげましょう。ええ、度胸だけは」

「しゅ、しゅごいでしゅ、テルテルせんせぇ……」

回らぬ舌で、淡路も褒めてくれた。割と余裕あるな、とそちらに意識を逸《そ》らしかけた矢先、胸倉を掴まんばかりに恋姫が迫ってくる。

「度胸以外は何一つ褒められないけどねぇ。私の力で、二度と本を出せなくしてやろうか⁉」

「いやいや、さすがにそれは、編集長として看過《かんか》できないよ。僕、テルテル先生には期待しているし」

しばらく傍観者に徹していた灰島が、すかさず割って入ってきてくれた。

「灰島編集長……！」

俺の作風を覚えていなくても、いまだ文芸ペースで生きていても、やっぱりあなたは編集長の鑑《かがみ》やでぇ……!!　感動屋の照が感涙《かんるい》にむせぶ一方で、恋姫は面白くなさそうな顔をした。いくら彼女と比べれば照が木っ端《こっぱ》作家とはいえ、刊行阻止は難しいと考えたのだろう。作家は一人一人が個人事業主なので、よほどのことがなければ圧力などかけられない。

「……フン。なら、私が連載を打ち切ると言ったら？」

次に恋姫が持ち出したのは、彼女の裁量で可能な内容であり、それゆえに恐ろしいものだった。面白い見世物だとでも思っていたのか、遠巻きでニヤニヤしていた編集者の顔もがぜん引き締まる。

当然だ。恋姫の連載は月刊誌であるブラックスワンに載っているのだが、雑誌が売れなくなって久しいこの時代、彼女の漫画が突然打ち切りになったらどうなるか。売上げはガクンと下がり、最悪廃刊さえ視野に入る。

もちろん恋姫もそれを理解している。だからこそ、彼女は嵩《かさ》にかかって畳みかけた。

「この売れっ子恋姫の！　脂が乗りに乗った珠玉の連載作品を打ち切ると言ったらどうするの⁉　ただでさえ、こっちは原稿を紛失されて腸《はらわた》が煮えくり返っているっていうのに！　その上になぜか元凶《げんきょう》呼ばわりされているのよ、それぐらいのことは考えて当然でしょう⁉」

「だめです！」

烈火のごとく反論したのは他でもない、照だった。

「そんな、恋姫先生の話を打ち切るなんて……！　一ヶ月続きを待つだけでつらいのに、耐えられない！　恋もバトルも、今が最高潮なのに、ここで打ち切るなんて読者はもちろん、恋姫先生自身が耐えられないでしょう⁉」

今度は照のほうがぐぐっと体を近づけてまくし立てれば、刹那《せつな》、恋姫は気圧《けお》されたような表情になった。

「あ……当たり前じゃない。作品は私の生き様そのもの、我が魂の発露よ」

「ですよね！　じゃあ絶対だめです!!　恋姫先生の才能を広く公開しないなんて、あまりにももったいなさすぎます!!」

キラキラと輝く照の瞳。その眼をしげしげと覗き込んだ恋姫の表情からは、険が薄れつつあった。

「……怒られないように、私のファンのふりをしてるのかと思ったけど……そうじゃないみたいね」

いろいろと言いたいことはあれど、照が自分のファンであることだけは間違いないと、恋姫も認めざるを得ないようだ。呆《あき》れたようなつぶやきを聞いて、照も満面の笑みを浮かべる。

「もちろんです、俺は本当に本気で先生のファンです！」

「そう。なら、私が悪いなんて馬鹿な意見は引っ込めて」

「いえ、今回の件は恋姫先生が悪いです!!」

「……いい度胸が過ぎるでしょ、お前!!」

ここまで話しておいて、結局元の木阿弥《もくあみ》である。恋姫のこめかみに血管が浮くのを見て、淡路が這々《ほうほう》の体で灰島に取りすがった。

「は、灰島編集長、お二人を止めてください！」

「うーん、でも、なんだか面白くなってきたよね。不条理劇っぽくて。やっぱりテルテル先生、カフカコースかなぁ」

灰島は動じないを通り越して面白がり出している。事態は膠着《こうちゃく》し、ループものの様相を呈し始める寸前、ヒーローは遅れて到着した。

「どうしたんです。一体、何の騒ぎ……テルテル先生？」

コーヒーとカフェオレの缶を手にした黒澤が戻って来たのだ。

「あら、黒澤じゃないの」

恋姫が少し嬉《うれ》しそうな声を出す。彼女をチラリと見た黒澤は、カンヅメルームを出るな、とあれ程口を酸っぱくして言い聞かせた照が編集部におり、おまけに恋姫と対峙しているという状況から、大まかに事情を掴んだようである。

「……カフェオレの銘柄にこだわるんじゃなかったな。帯もあらすじもまだだっていうのに……ただでさえ、テルテル先生の帯とあらすじは難しいのに……くそ」

本文を書くのは作家の仕事だが、あらすじと帯の文面は基本的に編集者の仕事であり、腕の見せ所でもある。帯に書かれた印象的な一言を見て興味を持ち、あらすじを確認して購入を決める読者も多いからだ。

照の作品はどこを切り取ってもインパクトが強い。それだけに今回はどういう角度から切り込んだ帯にするか、あらすじはどこまでネタバレすべきか、吟味《ぎんみ》する時間が必要である。カンヅメルームの動向を見張りつつ頭を絞る予定だったのに、数分席を外しただけでこの有様。つくづく希有《けう》な才能の持ち主と言えよう。

「……手錠、いや、もう少し穏便にハーネスでも使うべきだったな。甘く見ていた」

毒づいた黒澤は、まず一つため息をついて気持ちを整理し、続けて大声を出すために息を吸った。

「なんで出て来たんですか。トイレですか？　トイレですね。あっちです、早く！」

「お待ち、黒澤！　事はすでに、その売れない作家をトイレに隔離して終わりにできない状況なのよ!!」

どさくさに紛《まぎ》れてなかったことにしようとした黒澤であったが、恋姫の言うとおりであることは彼も薄々感じている。舌打ちしそうな表情を隠しもせず、灰島に確認を取った。

「……もしかして、例の恋姫先生の原稿紛失事件ですか、編集長」

「そうだね。それで、恋姫先生が来ちゃって、そこへテルテル先生が」

「いいです、言わなくて」

ピシャリと素っ気なく、黒澤は灰島の説明を遮った。もう十分、そう言いたげに。

「編集長には申し訳ないのですが、今はテルテル先生の与太話《よたばなし》を聞きたい気分ではありませんから」

黒澤の怒りの矛先は灰島ではない。その証拠に、眼鏡の奥から針のような視線が照に打ち込まれた。それさえも束の間《つかのま》、彼の瞳はすぐに照から離れ、恋姫へと向かっていく。

「く、黒澤さん……？」

恋姫とやり合う時にも冷気を覚えた照であるが、黒澤の一瞥《いちべつ》には心臓が低温火傷《やけど》をしたような心地になった。息苦しささえ感じた照を尻目に、黒澤は彼を隠すように恋姫の前に立つ。

「恋姫先生。このたびは、俺の担当作家がご迷惑をおかけしたようで、大変申し訳ありませんでした」

先程の灰島よりなお丁寧《ていねい》に深々と頭を下げた。社会人として完璧なお辞儀であった。

「しかしながら、重ねて申し訳ありませんが、テルテル先生はすでにご存じかと思いますとおり、ちょっとアレな方です。理論的な対処を求めても平行線を辿るだけ。それよりも、現実的な対処の相談をしましょう」

「──そうね。現実的な対処、いい提案だわ」

恋姫も照に理性で説いても意味がないと悟ったらしい。渋々と妥協することを受け入れた。

「売れない小僧に筆を折らせたところで、誰の得にもならない。私が連載を打ち切るなんて世界的な損失だもの。損が大きすぎる」

ピクッと黒澤が口の端を引きつらせた。想像以上の大事になっているようだと察したからだが、ツケはのちほど照に払わせることに決め、今はクールに話を合わせる。

「ええ。ですから、元々の問題に立ち戻り、紛失したという原稿を探しましょう。俺も手伝います」

「もちろん、手伝ってもらうわ」

冷ややかに応じる唇には、何やら企《たくら》みの色がある。

「そして、どうしても原稿が見つからなかったら……黒澤。お前、真ん中文庫編集部からブラックスワン編集部に異動して、私の担当になりなさい」

「は？」

「えええ⁉」

眼を丸くした黒澤より早く、照が勢いよく抗議の声を上げた。分野違いの担当とやけに親しげだと思っていたが、どうやら恋姫は、以前から黒澤を狙っていたようだ。

「ちょ、何を言ってるんですか、恋姫先生！　だめだ、黒澤さんは真ん中文庫編集部の人です、俺の担当ですッ!!」

淡路も血相を変えて同調する。

「そ、そうですよ、恋姫先生!!　先生には私がいるじゃないですか!!　そもそも小説と漫画ですよ、部署も全然」

「お黙りッ!!」

雑魚《ざこ》二匹がビチビチしながら言い募《つの》れど、女帝の一喝で呆気《あっけ》なく薙《な》ぎ払われてしまう。簡単に二人の口を封じた恋姫は、灰島にあごをしゃくった。

「いいわよね？　灰島。漫画と小説の編集者は違うと言っても、あなたは兼任してるじゃないの」

「あんまりよくないなぁ。僕が兼任できてるのは、黒澤くんみたいな、両編集部のプロが支えてくれているからだよ。僕なんてお飾りさ。いまだにライトノベルが何なのか、よく分からないし」

「いや、それは業界の人も、多分よく分かってないんで……そして真ん中文庫は、ライトノベル文庫じゃないんで、一応……」

そっと突っ込む照であったが、案の定流されてしまった。

「黒澤以外の編集者がいない訳じゃないでしょう？　それとも他の編集者は、あなたを支えられないようなボンクラ？」

「そうじゃないけど」

「なら、決まりね」

灰島が最後まで言い終わるのを待たず、恋姫は話をまとめ始めてしまう。

「いいでしょう、黒澤。お前は小説だけじゃなく、面白くて売れてる作品なら、なんでもチェックしてるじゃない。表現の仕方は違っても、ストーリーの面白さはどんな媒体でも同じよ。素養はあるはず。何より若い眼鏡のイケメン、側《そば》に置くには最高だわ」

「セクハラですよ、その発言」

眼鏡を押し上げ、指摘する黒澤であるが、それ以上強く突っぱねる様子はなかった。

意味ありげに照をチラ見して、

「ですが……そうですね。あなた程の売れっ子に名指しで求められるのは、編集者として名誉なことです」

「黒澤さん⁉」

「黒澤先輩⁉」

黙らされていた雑魚二匹が、堪《たま》らず声を張り上げる。特に照が受けたショックは絶大だ。

「な、何を言ってるんだよ。黒澤さんは、俺の担当だろう……？」

戻りが遅くても、決して見捨てられたなんて思わず、信じていたのに……！　とむごい仕打ちに震える被害者面を、黒澤は憐《あわ》れみを込めて見つめた。

「そうですね。何度言っても懲《こ》りないあなたを懸命に支えてきた、哀れな担当でした」

黒澤と照の心は通じている。被害者面したいのはこっちだっつーの、という声なき声はよく聞こえた。

「せっかくカンヅメまでしてあげたのに、自らトラブルに首を突っ込むなんて……正直言って、さすがにうんざりですよ、テルテル先生」

冷たい、というより温度のない視線が照を刺し貫く。

「俺が担当から外れるのが嫌なら、今回ぐらいは一人で解決すればどうです？」

恋姫の原稿紛失事件については、黒澤は一切手を貸さないとの宣言だ。先程灰島の言葉を遮って、照の「天啓」を耳に入れなかったのも、その前振りと思われた。

なにせ心が通じた仲なので、一々説明されなくてもそこまで分かった。分かりたくないのに、認めたくないのに。

「黒澤さん……お、俺のこと、見捨てる、のか？」

「そうなるかもしれませんねぇ」

六年来の仲が終わるかもしれないというのに、相槌《あいづち》はあまりにも心なく響いた。お代官様、あんまりでございます！　と、照は村娘よろしく縋《すが》りつく。

「そんな！　無理だ。俺、黒澤さんが担当じゃなきゃ、書けない……!!」

「なら、とっとと今回の件を一人で解決して締め切りも守ってください。そうしないと、次の担当も困るでしょうから。そうですよね？　淡路さん」

「えっ」

いきなり水を向けられた淡路が硬直するが、黒澤は当たり前だ、という顔だ。

「俺がブラックスワンに行くなら、淡路さんがこっちに来るんでしょう？　お互い編集者が余っている訳ではないんだし、チェンジってことになりますよね、編集長」

「うーん、まあ、そうなるかな？」

予算不足と人手不足はいずこも同じ。編集者、それも経験を積んだ編集者の数は多くない。淡路は恋姫が担当デビューとはいえ、きちんと研修も終わっているのだから戦力として数えていいだろう。黒澤が抜けた穴を入れ替わりに彼女が埋める、当たり前の人事ではある。

しかし淡路にとっては、にわかに受け入れがたい話であるようだ。

「そ、んな……私は、恋姫先生に憧れて編集者になったのに……まだ、ほんの数ヶ月しか……」

「なに？　淡路」

うめくような淡路の声を聞き留めて、恋姫は冷笑した。

「この私の黄金にも等しい原稿を見付けられもしない無能が、私に憧れて、だから、なに？」

「いえ……なんでもない、です。全テハ……恋姫先生ノタメニ……」

コンマ一秒で淡路は人の心を失った。編集者の仕事は数あれど、原稿、それもアナログの生原稿を大切にするのはイロハのイだ。それをないがしろにした、と言われてしまえば立つ瀬がない。

「わ……分かった！」

灰島も恋姫と黒澤の提案を強く否定してこないところを見ると、味方は全て消え失せたのだ。ぎゅっと拳を握った照は、やけくそで宣言する。

「分かったよ、分かりました！　俺が恋姫先生の原稿を探す、一人でも探す！　そして、黒澤さんを取り戻す!!」

「ほーっほっほっほ！　やってみなさい、できるものならば!!」

魔王のような恋姫の高笑いがあたりに響き渡った。彼女の漫画のラスボスそのものの威厳を醸《かも》す立ち姿だ。こんな状況でさえなければ、参考資料として写真を撮らせてほしいぐらいだった。

「俺はまだ、恋姫先生の担当になった訳じゃないんですが」

熱く盛り上がる作家たちをよそに、黒澤の態度は冷めている。

「まあいいでしょう。どうせこの状態のあなたが、原稿に集中するのは無理だ。せいぜい気張ってもらおうじゃないですか」

本来の目的を忘れてないでしょうね？　とやんわり釘《くぎ》を刺された照は、胸を張って請《う》け合った。

「ああ、がんばるよ。必ず失った原稿と信頼を取り戻し、黒澤さんには俺の担当を、淡路さんには恋姫先生の担当を続けてもらう!!」

不謹慎ながら、魂が燃え上がるのも感じている。絶体絶命の危機からの大逆転、まさに王道大正義！　ここで盛り上がらずして、いつ盛り上がれというのか！　恋姫も

淡路も黒澤も灰島も、そのへんで心配そうに成り行きを見守っている編集者たちも、必ずこの手で救ってみせる‼

「それじゃあ恋姫先生、早速ですが原稿紛失について詳《くわ》しく教えてください！」

「嫌よ」

勢い込んだ照の質問は、光の速さで拒否された。

「……は？」

ガラス戸に突っ込んだ間抜けな鳥面で問い返すが、恋姫はフンとそっぽを向くのみ。

「このまま原稿が見つからなければ、黒澤が私の担当になるんでしょう？　なら、協力する必要なんてないじゃない」

「そ、そんな……‼」

恋姫が悪い、それは照の中では疑いようのない事実だ。だが、黒澤のように推理しようにも、ノー材料では手がかりすらないではないか。

あまりの無慈悲に絶句する照であるが、恋姫は意に介さない。

「次の締め切りもあるし、あまり悠長《ゆうちょう》には待っていられないわよ。そうね……」

思案を巡らせる恋姫に、黒澤が横から言い添えた。

「今からなら、十二時までどうです。二時間ちょっと、それぐらいなら、忙しい恋姫先生にもお待ちいただけるでしょう？　終わればランチと洒落込《しゃれこ》めますし。応接室のほうで、どうぞごゆっくり」

「黒澤さん⁉」

照は悲鳴を上げ、恋姫も不服そうな顔をする。

「なに、この私を二時間以上も待たせるつもり？」

「申し訳ありません。ですが、それぐらいは時間をかけないと、テルテル先生も引き下がらないかと……この人はこう見えてワガママで、一度こうと決めたら譲らないですからね」

ここぞとばかりに黒澤は照をこき下ろす。恋姫も照の頑固な一面を目の当《ま》たりにしたばかりだ。下手《へた》に引きずられるのもよくないと思ったか、妥協してくれた。

「まあいいでしょう。ストーカーなんかになられても困るしね」

全然よくないのは照である。

「そんな、三時間もないなんて……‼」

「そうですね。おまけに、印刷所の締め切りは本日十七時。早く原稿を見付けて、早く修正にかからないと間に合いませんねぇ？」

編集部に来てから三十分ほどが経《た》とうとしているが、その間の作業の進行は当然ながらゼロ。今からは紛失原稿探しだ。奇跡が起こってすぐに見つかってくれればいいが、現実は甘くない。

恋姫の連絡を受けてから灰島はずっと探していたはずだ。いかに浮世離れしていようが、仮にも編集長なのだから、照よりは物の置き場に詳しいだろう。今から正午まで三時間弱、目一杯使っても見つからない可能性が高い。

その場合、照は黒澤を奪われた傷心を抱え、独り原稿の最終修正をせねばならないのだ。朝九時からかかりきりでギリギリを駆け抜けるぜ、黒澤さんがフォローしてくれれば大丈夫！　という予定が、ガラガラと崩れ落ちていく。

「淡路さん！」

「恋姫先生ノタメニハ……黒澤サンガ、担当ニナッタホウガ……」

切羽詰《せっぱつ》まった照が救援を呼びかけるが、人の心を失った淡路はロボットしゃべりでブツブツ言うのみ。

「ほ……他のブラックスワンの」

「だめ！」

淡路がだめなら、他の編集者の手を借りられないかと思った矢先、恋姫に拒否された。

「他の編集には関係ないでしょう‼」

「うーん、まあ、テルテル先生が蒔いた種だしね～。それに他の人は自分の担当作家との仕事で忙しいからね」

にっこり笑って編集長らしい合いの手を入れたのは灰島である。

「へ、編集長！」

「ああ、うん、僕は手伝うよ？　元々探せって言われていたのは僕だし」

灰島はあっさりと協力を申し出てくれた。

「でも僕、探し物って苦手なんだよねー。君たちが来る前から一人でずっと探してたんだけど、見つからなかったし」

「う、う……いえ、お手伝いいただけるだけでも、ありがたいので……それに編集長なら、原稿紛失の状況についてもご存じでしょうし……」

照より編集部に詳しいはずの灰島であるが、正直言って探し物の相棒として相応《ふさわ》しいとは思っていない。どう考えてもなくすほうが得意なタイプだ。照も同じなので、それは分かる。

ただし灰島ならば、恋姫から原稿紛失についての詳細を聞いているはずだ。用があるのは、むしろそっちである。

「まあ、説明はできるかな。それじゃ、テルテル先生、こっちに来て」

灰島は照を編集部の端へと誘《いざな》う。そこには灰色の棚がいくつも立ち並び、封筒だの書類だのがごちゃごちゃと並べられていた。作家の原稿もそこに保管されているらしい。


照たちが棚の間に消えたのち、黒澤も踵《きびす》を返した。

「では、恋姫先生、淡路さんもこちらへ」

黒澤が恋姫たちを誘導したのは、先程口にした応接室である。照も何度か通した記憶のあるそこは、小会議室よりもう少し雰囲気の柔らかい、ソファなどが備えられた外向きの部屋だ。

「あら、なんで淡路？ こいつはもう、私の担当じゃなくなるのに」

「それは原稿が見つからなかった時の話でしょう？」

恋姫の疑問を、黒澤は応接室のドアを開けながら軽くいなしてみせた。

「淡路さん、お茶とお菓子の用意をしてください。ところで恋姫先生、先程次の締め切りもある、とおっしゃいましたが、それは当座のヤバい締め切りは片付けたが、次もすぐ来る、という意味でよろしいでしょうか」

分かりやすい指示を出された淡路が応接室の外へ出ようとする。その様子を見やりながら、黒澤は口火を切った。

「……ええ、そうよ。なにせ私は連載の一回一回、いえ一コマだって手を抜かない！　ネームはすでに仕上がっているけれど、作画の時間はいくらあっても足りないの!!」

黒澤が何を言い出すのか、最初は警戒している様子だった恋姫であるが、話が作品のことに及べばあっさりヒートアップした。しょせん漫画馬鹿なのだ。

「はい、恋姫先生の作画は本当に精密ですばらしいんです！　作画はもちろん、変態的な程のトーンワークにはため息が出るばかりで……！」

つられて淡路も振り返り、熱心に言い募る。直後、他の二人の視線を感じた彼女は恥じ入るように眼を伏せた。

「し、失礼しました……」

「……フン。お前もヨイショだけはうまいのに、残念ね。それより、さっさと用意をなさいよ」

「はい、ただいま！」

いそいそと淡路が部屋の外へ出て行く。恋姫を上座のソファに座らせた黒澤も同じく外へ向かった。

「では俺は、忙しい先生のために、最近の流行作の資料を持って来ます」
「なるほどね。確かに最近、忙しくて本屋に行く暇《ひま》もなかったわ」
髪をかき上げた恋姫は少し顔をしかめた。小さなトーンの削りカスが絡《から》まっている
ことに気付いたのだ。これと消しゴムのカスは、アナログ漫画家に常につきまとう。
「通販などはなさらないので？」
「ネットではランキングの確認ぐらいね。私はやっぱり本屋で直接表紙を見て、作家
の熱気をビビッ！　と感じたものを買いたいの」
「同感です」
うなずいた黒澤は、程なくして十冊ほどの本を抱えて戻って来た。テーブルの上に
並べられた表紙を、恋姫は興味深そうに眺めやる。
「これがお前のお勧めなの？　……なるほどね。タイトルに見覚えがある。ここ数ヶ
月の人気作ばかりじゃない」
「ええ。その中でも、俺が本屋でビビッ！　と来て選んだものばかりです」
澄ました顔で恋姫の口調を真似た黒澤のお勧め本を前に、恋姫は貫禄の笑みを浮か
べる。
「ふーん。でも、私はこの本には惹《ひ》かれないけど……まあ、いいわ。そのあたりを議

論するというのも、面白いじゃない？　さすが黒澤、気が利いている」

「いえ、それは恋姫先生一人でやってください」

「何でよ⁉」

恋姫としては異例な程に褒めてやったのに、まさかの反応である。仰《の》け反《ぞ》る彼女へと、黒澤は軽く頭を下げた。

「申し訳ないのですが、俺はこれから、問題の紛失原稿探しをやりますので。その間のお相手は、淡路さんにお願いします」

「え、え？　黒澤先輩、どういうことですか？」

お茶とお菓子の載った盆を持って戻って来た淡路は、展開が分からずに眼を白黒させている。恋姫はそんな彼女を睨みつけ、

「はぁ⁉　嫌よ、こんな役立たず‼」

「ピィ！」

淡路はまた鳴いたが、黒澤は危なっかしい挙動をした盆をさっと奪い取って言った。

「そうですか。では、淡路さんは、俺と原稿を探すのを手伝ってください」

お茶とお菓子を恋姫の前に置いた黒澤は、淡路を連れて応接室を出て行こうとする。

その前に、恋姫が片足を上げた格好いいポーズで立ち塞がった。

「……そんなに、あの無礼な電波坊主の担当でいたいの」

「おや、やっぱりご存じなのですね、テルテル先生のこと」

間髪を容れず見破られて、恋姫は唇をへの字に引き結ぶ。否定しようにも、電波坊主なるネット上の愛称を口にしたのは彼女自身だ。

「恋姫先生は他人の才能への嗅覚も一流ですからね。きっとテルテル先生のことも、ご存じだと思っていました」

「……お前が入れ込んでいる作家だと聞いていたから。それだけよ。言っておくけど、作品を読んだことはないからね！」

大した興味はない、と断じる恋姫の言葉を黒澤は待っていたのだった。

「そうおっしゃると思って、テルテル先生の本も数冊紛れ込ませてあります。文章は平易でストーリーも王道、さらりと読める話なので、恋姫先生なら一時間もあれば一冊読破は可能でしょう。ぜひどうぞ」

はっとした恋姫はテーブルの上を見直した。そこには確かに、照の本も混ぜられている。そしてその本は、先程恋姫が惹かれない、と言ったものではなかった。

「……舐めないで。三十分もあれば余裕よ！」

迷うこと数秒、姿勢を戻した恋姫の叩きつけるような返事もまた、黒澤が待っていたもの。

「それは頼もしいですね。ぜひあとで、感想をお聞かせください」

笑顔を見せた黒澤は、そのまま淡路を連れて応接室の外へ出た。

「ど、どうするんですか、黒澤さん」

オロオロと話しかけられた黒澤は打って変わって冷たく淡路を見返す。

「どうするも何も、原稿を探すんですよ。現状を打破するには、それしかないでしょう？」

「そ、ソウデスヨネ……」

気の小さい後輩は、また人の心を失い始めている。決して仕事の出来ない女性ではないのだが、研修期間が終わって最初の担当が恋姫というのは、いささかハードモードすぎたようだ。

「……とりあえず、最初から状況を教えてください」

途中から話に入った黒澤には、照以上に状況が不明である。淡路を落ち着かせる意味も込めて尋ねると、彼女はほっとした顔になった。想像力には乏しいが、明確な指示には的確に応えてくれるのだ。

つまりは俺と、同じ人種だな。皮肉を頭の隅に追いやった黒澤は、多少なりとも人の心を取り戻した淡路の声に耳を傾けた。

とはいえ、聞いたところで大した情報は得られなかった。

「……という訳です」

「なるほど。要するに、あなたたちもつい先程ここへ来たばかり、ということですか」

恋姫が古い原稿の返却について編集部へ依頼したのは、今月の締め切り明け、要するに三日前のことだとか。ただし淡路には一切の相談がなく、恋姫の原稿の入稿作業に追われていた彼女が状況を知ったのも昨日の夕方らしい。

「はい。一応担当は私なので、どうして私に聞いてくれないのかと申し上げても、何年も前の原稿のことだし、第一お前は頼りにならないの一点張りで……まあ、そうなんですけど……フフ……」

だが灰島は催促しても催促しても、あやふやな返事をするだけで返却してくれる様子がない。業を煮やした恋姫自らが編集部に怒鳴り込むと言い出し、止めることのできなかった淡路は渋々従ったという訳である。

「三日前から探しているのに、まだ見つからない訳か。編集長に探し物の才能があるとは思っていませんが……印刷所なんかには当然、確認しているでしょうしね」

立ち並ぶ棚の向こうに飲み込まれたきり、いまだ出てくる気配のない照たちのほうを見やって黒澤はため息をついた。

黒澤自身も正直、ここ数ヶ月ならまだしも、年単位で前の原稿をすぐに探し出せる自信はない。アナログ原稿を預かる機会が減ったとはいえ絶無ではない上に、編集部にはとにかく紙の束が多い。きちんと管理はしている、はず、だが、ではどこにあるのかと聞かれると、さっと答えることは難しいのだ。

無論、大事な原稿をなくしては……いないと信じたいが、かつて出版界にて実際に原稿を紛失した事件が起こったのも事実である。三日前に言ってくれれば、とも考えたが、黒澤はブラックスワンの編集者ではなく照の編集であり、彼の尻をぶっ叩いている最中に他の仕事などできるはずがなかった。他の編集者も同様であるからこそ、灰島が一人で捜索していたのだろう。

「編集長たちは、まだ棚を探しているようですね。あそこに保存されている確率が、一番高いでしょうが……」

「じゃあ、合流を」

淡路による当然の提案を、黒澤は即座に蹴った。

「だめです。俺が原稿を探していることは、テルテル先生たちには秘密にしないと」

「え？」

きょとんとしたのも束の間、仮にも灰島が恋姫に付けようという女性だ。黒澤が言わんとすることに気付いたようだった。

「ああ、なるほど。先に見付けて、時間ギリギリにもったいぶって出して見せて、思いきり恩を売ろうという……！」

「……あなたは俺を、どういう人間だと思ってるんです？」

先輩などと呼ばれているし、顔を合わせれば挨拶ぐらいはするが、普段淡路との接点はない。編集部が違うとはいえ同じ社内の人間であり、交流を持つ意義はある相手なのだが、意図的に接点を作らないようにしている、が正しい。黒澤は作家としての恋姫は尊敬しており、本も全て自費で購入しているが、恋姫が以前から黒澤を担当にしたいとうるさいからだ。

興味がないと言えば嘘になる。光栄です、と言ったのも本当だ。しかし、現在担当している真ん中文庫の作家たち、特に手のかかる電波坊主を放り出して行く気はない。

そんな一途《いちず》な黒澤の属性を、淡路は端的にまとめた。

「え、ドエス眼鏡ツンデレスーッ……」

「……そういうキャラ付けは、ベタですが一定の支持を得られますからね。必要悪だと思っていますよ。普段は気弱ですが、たまにはっきりモノを言う女性キャラも」

「あっ、ひゃあ、ごめんなさい！　私ごときが何てことを……！　あの、でも、確実に需要がある層だと思います‼　黒ベタ多めで、画面も締まりますし……！」

慌《あわ》てて頭を下げる淡路を押し留め、再度確認する。

「いいですよ、別に。それよりも、あなたの手持ちの情報はそれで全部ですか？」

「はい、残念ながら……」

下らないやり取りで多少気が楽になったのか、淡路はポロリと苦悩を口にした。

「恋姫先生の担当になってから、まだほんの数ヶ月ですし……実は前任の方からも、ほとんど引き継ぎがなくて……原稿をどこまで返しているかのリストですとか、そういったものもなくて……」

「……担当潰しで有名ですからね、あの人は。引き継ぐ気力も出ないような状況だったんでしょう」

新人である淡路がいきなり売れっ子作家の担当になった理由の一つは、誰も恋姫の担当をしたがらないことにある。冗談抜きで黒澤くんに頼みたい時がある、と灰島が時折愚痴《ぐち》る程だ。

天才肌の人間にありがちな選民思想が強く、人の好き嫌いが激しい恋姫は、気に入らない担当は断固拒否。最初は気に入っていても、何か気に食わないとなれば癇癪《かんしゃく》を起こす。その結果彼女の担当は疲れ果て、心か体、あるいは両方を壊して去っていく。

幸か不幸か恋姫の作品は変わらず売れ続けているため、強く言えないのが現実なのだ。どうしても他の担当を用意できなかった場合は、「僕、漫画もよく分からないんだよね……」とボヤきながら、灰島が代理を務めている。編集長であることに加え、全てを柳に風と受け流す灰島が相手なら、恋姫も比較的おとなしいようだ。

いっそ編集長が本当に担当すればいいのでは、とブラックスワンの編集者たちは願っているが、恋姫を担当している最中の灰島は彼女にがっちり拘束される。全ての刊行物は編集長の承認がなければ発行できないのが社内規定であるのに、恋姫の気紛《きまぐ》れで連れ出され、連絡が付かないこともままあるのだ。

「そうらしいですね……確かに私、潰れそうです……」

しょんぼりとうなだれた淡路の口からは、抑えていた苦悩が次々と滴《したた》り落ちた。

「私はただ、恋姫先生のファンなだけで……あの人に近付きたくて入社して、運よく担当になれたと思っていましたけど……私は黒澤さんみたいになれない。先生の役に立てない……！」

一通り悲しみに暮れた淡路は、何かを思い出した表情になって黒澤を振り仰いだ。

「そうだ！　そういえばまだ、黒澤さんはテルテル先生の推理を」

「だめです！」

照のヒラメキを告げようとする淡路を、黒澤はピシャリと遮った。

「それを聞いては意味がない。今回は俺一人の力で推理して、その結果をテルテル先生に突き付けてやるんです。それができれば、あの人がいきなりオチだけ言い出して騒ぎを大きくする前に、先手を打って事態を収めることができる‼」

照の推理をあえて耳に入れずに来たのは、ドエス眼鏡ツンデレスーツらしい意地悪をしたかった訳ではない。日頃の仕返しの意味があるのは否定しないが、それより何より、照のヒラメキ抜きで単独推理を行うことが狙いだ。オチを聞かず、自分一人で、誰もが納得できるストーリーを作れるか否か。

「で、ですけど、あと二時間もないんですよ⁉」

「分かっています。あなたも恋姫先生の担当を続けたいなら、一緒に探してください」

「もちろん、協力はしますけど……！」

オタオタしながらも淡路の案内で、黒澤はブラックスワンの編集部までやって来た。

と言っても真ん中文庫編集部の二つ隣の島なのだが、照たちは棚のほうにかかりきりで、こちらに来る様子はない。

「あちらさんは棚のほうを探しているようですが、あそこは編集長も散々探した場所です。同じところを探すとこちらの動きがバレますし、俺たちはそれ以外の場所を探すことにしましょう。まずは恋姫先生がご希望の返却原稿ですが、現在連載している作品のものですか？」

「は、はい、そうです。連載十話目、そこまで圧倒的な強さを見せつけてきた主人公が、実は敵の刺客《しかく》だったヒロインに不意を衝《つ》かれて敗北し、血の涙を流しながら、いつか本当に自分を愛させると誓う、初期屈指の神回……!!」

それまで生気を失っていた淡路の目が、キラキラと輝き始めた。

「覚えています。主人公の煮えたぎるような目が、非常に印象的でした。そうか、あの回は巻頭カラーで、特に見開きシーンは何度もグッズになっているな……」

神回について語り合いたい気持ちもなくはないが、今はそれどころではない。黒澤は自分が担当だった場合、預かった原稿を編集部外へ動かすパターンを考え始めた。

「印刷所、デザイン事務所、グッズ制作会社……このあたりを確認ですね、まずは」

雑誌や単行本を作る際にお世話になる印刷所は最有力候補だ。タイトルのロゴなど、諸々《もろもろ》のデザインをお願いしているデザイン事務所は、通常はデータだけのやり取りなのだが、何分色味というのは言語化が難しい。誰かにとっての青は、誰かにとっての水色である。特にデジタル彩色の場合は、ディスプレイの設定によっても見え方が大きく変わる。

そのために色校という試し刷りを刷ってもらい、それを片手に事務所へ行って相談することもままあるのだが、その際の比較材料として持参した原稿を紛失する可能性は存在する。グッズ制作も同じ状況が考えられる。

「社内だと、まずは担当の机の中。棚以外なら持ち出し用の画稿ケースに入れてそれっきりですとか、販促品を作るために販売部に持って行っているとか……スキャナーやコピー機に置き去りにしている可能性は年数が経っていますからね。さすがにないでしょうが、忘れ物として総務が管理している、というのは万が一……」

「そうですね。そのあたりは、私も編集長も当たってみたのですが……」

申し訳なさそうに淡路が口を挟んで来たが、無論予想の内だ。

「分かっています。ですが、見落としがあるといけませんからね。あなたは細やかな気遣いに長《た》けた編集者だと聞いていますが、事態を知らされたのが遅かった。編集長は、大変大らかな方ですし」

「う、まあ、それは、そうですね……」

自分、そして編集長への評について、淡路は深く追及してこなかった。ならば結構とばかりに、黒澤はきびきびと指示を出す。

「時間がありません。社外に同じ人間が何度も連絡をすると嫌がられそうですから、印刷所とデザイン事務所とグッズ制作会社には俺がこの机から電話をかけます。淡路さんは、社内をもう一度総ざらいしてください」

「はい！　それでは、総務と販売部に行ってきますね!!」

小走りに駆けていく淡路に背を向け、黒澤も受話器を手に取った。

照のように天啓やヒラメキには頼らない。地道なマーケティングや聞き込みでデータを集め、分析して結果を出すのが自分のやり方だ。これまでは照の出したオチに合わせてきたが、今回は、これからは、一から黒澤だけの力でベストなオチまで辿り着いてみせる。

黒澤が静かに燃えている頃、照たちも棚を端から順に探していきながら状況の確認を行っていた。

「うーん、そうですよね。印刷所、デザイン事務所、グッズ制作会社……このへんは、もう当たったあとかぁ」

編集者ではない照だが、印刷所とデザイン事務所には照もお世話になっている。黒澤との会話にもよく出てくるので、原稿の行き先として想像はしやすかった。グッズ制作会社は、恋姫の原稿を使ったグッズをたまに買うからである。特に今回紛失したとされている神回第十話のものには眼がない。

「そもそも生原稿、それも恋姫先生レベルに売れていて口うるさい……じゃない、厳格な方の原稿なら、社外に出す時は神経を使いますもんね。返却時の確認もお互いにするだろうし。となると、やっぱり、風伝出版の中で行方不明になったと考えるのが妥当だよなぁ……」

眉間《みけん》にシワを寄せて考え込んでいると、横合いで灰島が意外そうな顔をした。

「テルテル先生、思ったよりもまともな探し方をするね」

「え？」

「作風がアレだし、黒澤くんにもアレな話しか聞いてなかったから、てっきりダウジングとかで探すのかなって……」

「ダウジングで探せるなら、そうしたいですけどね⁉　俺だって正直、編集長はもうちょっと役に立つ……いえ、そのッ、さ、探し物が上手かなって思ってましたッ！」

灰島に事の次第を聞いたはいいが、内容は淡路が黒澤に話したのとほぼ同じ。早い話が、三日前から返却すべき原稿を探しているが、いまだ見つかっていないということだけ。

実際に探している灰島がペアということが、唯一のアドバンテージである。ただ照の見立てどおり、灰島にトレジャーハンターの能力はない。全部の棚を開けて探したと言ってはくれたものの、ではどこに何があったかと聞けば、答えは割とフワフワであった。一緒に探し回るうちに、「へえ、こんなものがここにあったんだ」という独り言を何度も聞いた。大変頼りにならない相方である。

生憎と頼りになる相方はライバルになってしまった。エンタメなら燃える展開だが、現実ではそうも言っていられない。最悪の場合、本気で頼りになる相方を失ってしまうかもしれないのだ。そのため当座は、いつもなら黒澤がやってくれていた「推理の筋道を立てる」役を照がこなすしかない。

「編集長、俺は出版社の内部で原稿を動かす場合はよく分からないんです。編集部以外に持っていくことって、ありますか？」

「時々ね。そうだなぁ、担当の机……は、さっきから黒澤くんがさり気なくゴソゴソやってるね。淡路くんに引き継ぎをした時に彼女がきれいに掃除していたし、あそこにはないかなぁ」

「……ですね。やっぱり探してくれてるんだ、黒澤さん……」

おそらくはドヤ顔で恩を売るため、と推察されるものの、黒澤も原稿探しをしてくれているようだ。淡路がチョロチョロしていることも、それを裏付けている。同じ場所で同じものを探しているのだから、秘密にするには限度があるのだ。

だったら素直に手伝ってくれてもいーじゃん、と思いはすれど、それではダメだと首を振る。黒澤が照の天啓に頼らず調査を進めているように、照もまた、黒澤に推理の穴埋めを押し付けてはならない。

「黒澤さんがいなくても、一人でやれるってところを見せないと……！」

「そうかなぁ？　僕、逆だと思うけど」

ボソリと反論した灰島に気付かず、照はおもむろに呼吸を整える。

灰島の頼りなさは想像以上だったが、要するにすぐ思い付くようなところにはない、という確認はできた。ここまでは黒澤がよくやっている地盤固めである。そしてこの先が、ヒラメキにより得た推理の穴埋めパートだ。

「……灰島編集長。言いにくいことだと思うんですけど、答えていただきたいんです」

「うん、なに？」

かるーく応じた灰島以外、周りに誰もいないのを確認しながらズバリと切り込んだ。

「恋姫先生、スランプなんじゃないですか？」

「え？」

キョトンとした灰島へ、さらに声をひそめて続ける。

「俺のヒラメキは恋姫先生が今回の件の原因であると告げました。つまり、実は彼女が自分の原稿を処分したんだ。間違いありません」

「へえ、そうなんだ。でも、なんで？」

「今回紛失したとされる原稿は、先生のファンなら誰もが記憶に刻みつけている神回です。あの作品ならあの話、というタイトルの顔。ですが同時に、神回ばかりが話題になる状況は、作者を苦しめるんです……」

照にも覚えのあるジレンマだ。毎回カクニャンは可愛《かわい》さ最高記録を出すつもりで書いているが、読者の記憶に一番残っているのは初期の海を渡ってきたあたり。やっぱりあのシーンだよね、という感想をもらうたび、嬉しい反面、新しい話のカクニャンはダメだったのかと考えてしまう。

もちろんカクニャンは何も悪くない。ラブリーポテンシャルを引き出してやれなかった照の責任なのだが、そういうことが積み重なって、心に澱《よど》みを作ることはある。

特に恋姫はＳＮＳでもペンネームそのままでガンガン投稿し、歯に衣《きぬ》着せない言動で常に注目を浴びている。信者も多いがアンチも多いため、心ないコメントに傷付くこともきっとあるだろう。あの人が雑魚に噛みつかれて傷付くタマか？　という突っ込みは脇に置く。小さな痛みも積もれば山となるのだ、きっと。

「だからいっそ、こんなものがなければいい……！　衝動が高じて原稿を処分してしまう気持ち、俺、分かります!!」

「だったらなんで、原稿を探せって怒鳴り込んできたの？　黙ってれば分からないのに」

「うぐッ」

いきなり大きな穴を指摘されてしまった。

「それは……そのッ！　か、構ってほしかった、みたいな……」

「そうだね、構ってちゃんなところは否定しないかな。いい意味で、自己顕示欲の塊《かたまり》みたいな人だから。でも、あの人が自分で言っていたとおり、原稿、特にアナログ作画の生原稿は我が子同然に大事なものだよ。自分で処分しちゃうなんてことは、いくらなんでもないと思うなぁ」

黒澤ほど断固とした口調ではないにせよ、その線はないときっぱり言われてしまった。この話をするために灰島と完全に二人きりになる機会を待っていた照は、がっくりと首を垂れる。

「まあまあ、落ち込むのは早いよ、テルテル先生。元気が取り柄でしょう？　とりあえず、もうちょっと地味な捜査を続けてみよう」

「灰島編集長に気を遣われてる……」

それはそれで凹《へこ》む照であるが、我が道を行く灰島は気にせず話を戻す。

「他は……画稿ケースの中に入れっぱなしとか？　あれ、みんな個人で持ってるからね。あとは……そうだな。販促品を作りに販売部へ貸したとか」

「申し訳ないですが、総務と販売部にはありませんでした」

答えたのは、棚の隙間からひょこっと顔を出した淡路である。眼をパチクリさせる照に気付くと、彼女は慌ててごまかし始めた。

「あ……、わ、私は、単独で原稿を探しているんです！　本当です!!」

「あ、う、うん、デスヨネ、分かってる分かってる。いいんですよ、そういうことにしてもらって」

淡路が黒澤の指示を受けていることは明白だが、あまり追及するとまた人の心を失いかねないのでやめておこう。とにかく原稿が見つかりさえすれば、どうにでもなる。すでに無為な時間が三十分以上流れているのだから、誰が見付けたかなど些細《ささい》な話だ。

「あ、そういえば……恋姫先生、原画展をやってなかったですか？」

淡路の顔を見ていたら、ふと思い出したことがあった。淡路もあっと声を上げる。

「あっ、そうそう、ありましたね！　行きました、私!!」

「あれ、淡路さん、まだ風伝出版に入って数ヶ月だってさっき言ってましたよね？」

担当編集が原画展に行くのは当然だが、開催されたのは二年近く前のことのはずである。

「いえ、風伝出版に入る前なんです。前の仕事を辞めて、次の仕事をどうしようか考えている時で……そんな時、ふと見かけた原画展のポスターに、なんていうか、当てられてしまいまして……」

すっかり生気を失っていた淡路の頬に、ほんのりと赤味が差した。

「そう……丁度《ちょうど》、今探している原稿のシーンだったんです。滂沱《ぼうだ》の涙を流す、でも力に満ち満ちた主人公の表情があまりにも印象的で……フラフラと吸い寄せられて、気付けば原画展の事務室で手当てを受けていました。私、途中で気を失ってしまったようで……」

「……本当に当てられたんですね」

いくら恋姫の漫画が放つ熱量がすさまじいとはいえ、本気で気絶する人間はなかなかいない。見るからに臆病そうな淡路だからこそ起こった現象だ。

「はい。両親に禁じられていて、漫画に全く触れたことがなかったせいもあると思うんですけど……本当に、すごくて。すごくて。ものすごくて。あの感覚が忘れられなくて、全く関わったことのない職種でしたが勉強して、なんとか風伝出版に入社することができたんです」

「そうか。淡路さんの人生を動かした回の原稿なら、なおのこと探さないといけないなぁ」

淡路の両親はなかなか厳しい人たちのようだ。うちとはずいぶんな違いだな、と思いつつ照が相槌を打つと、淡路もきりっと表情を引き締めた。

「そうですよね。恋姫先生の一番のファンとして、当然のことですから……」

何気なさげに発された言葉によって、照も真顔になってしまう。

「……いや、でも、淡路さんは原画展からのファンでしょ？　俺、一話をブラックスワンで見た時からファンだし。ていうか、前作からずっとファンだし」

「な、長さは関係なくないですか？　それを言うなら、テルテル先生は恋姫先生の作品に出会う前から漫画も読んでいらして、創作をされていたんでしょう？　でも私は、恋姫先生に人生を変えられましたから！　以前描かれたお話の単行本も、もちろん買い揃えました!!」

　普段はおとなしく、相手に合わせることが多い者同士であるが、譲れない戦いはあるのだ。照も淡路もムキになって論戦を続けた。

「それはそうだけど、だからって一番のファンとは言えなくないかな!?」

「いえッ！　だって私、担当なんですよ!?　担当が作家の一番のファンじゃなくて、なんなんですか!?」

「う、まあ、そりゃ俺としても、そうじゃないと困るけど……」

　それを言われてしまうと、作家の身としては言い返しづらい。特に今、「一番のファン」を失う瀬戸際に立たされている身としては。

「それに！　一番のファンなら、恋姫先生が悪いなんて、思っていても言うべきじゃないでしょう!?」

　ヒートアップした淡路は、そもそもの話に立ち戻った。恋姫の盲目的な信者である彼女は、事の発端となった照の所業についても言いたいことが溜《た》まっていたようだ。

「確かに恋姫先生はちょっぴり弱者への当たりが強く、好き嫌いが激しい方ですけど、クリエイターって大体そんなもんじゃないですか！　人間的にクズのほうが面白い話を書ける!!　そうでしょう!?　担当がサンドバックになっていれば済む話です！」

「い、いやいや、だめだよ！　俺もこのヒラメキだけは裏切れないし、どんなに好きでも悪いところは悪いってちゃんと言わないと!!　あと、才能があって性格もいい人はいるから！　みんながみんな、恋姫先生みたいじゃないから!!」

「当たり前です！　恋姫先生みたいな方は、恋姫先生しかいらっしゃいません！　あの方の作品に頬を叩かれなければ、私は今でも社会復帰できず、引きこもって畳の目でも数えていたに違いないんです!!」

恋姫作品にありがちな荒療治の洗礼を受けなければ、疲れきっていた淡路の心には活が入らなかったと、彼女は拳を握って熱く語る。

「あの方の才能は全てを補ってお釣りが来ます！　テルテル先生のおっしゃるとおり、仮に恋姫先生が悪かったとしても……！　私も連座で打ち首になる覚悟です!!」

「なんでみんな時代劇みたいなたとえをするの!?　俺の作品って、そんなに時代劇みたいなの？　いや、好きだけど、時代劇……」

「うーん、淡路くんもテルテル先生も、どっちも別の意味で失礼だねえ」

傍観者に徹していた灰島が穏やかに評すると、淡路はハッと我に返った。

「あっ……す、すみません、つい……違います、恋姫先生はそんなにクズじゃありませんし、テルテル先生のほうが一番のファンでいいです!!」

淡路も言いすぎたと察したようだ。譲歩を示してくれたが、照は遠い眼をして首を振る。

「いや、いいよ。確かに担当さんが一番のファンっていうのは、道理だしさ……」

「だ、だからこそです。私は担当なのだから、好きで当たり前って言われてしまうでしょうが……同じ作家の先生からファンだと言われたほうが、恋姫先生の格が上がりますし！」

「……！　淡路さん……」

あくまで担当作家のためを思って一歩退こうとする、その献身に照は胸を打たれたのだが、

「そうかなぁ？　テルテル先生がもっと売れてる作家なら、そうかもしれないけど」

「編集長ー⁉」

いい話になってきてたのに！　と悲痛な声を上げる照ではなく、その向こうに眼をやって灰島は微笑《ほほえ》んでいる。

「どっちみち、ファンの格付けなんて無意味だよ。いてくれればいてくれるだけ嬉しいのがファン。恋姫先生も、そう思うでしょ？」

「え……、あ、あれ、恋姫先生……？」

いつの間に来ていたのだろう。目立つ姿を棚に隠すようにして立つ恋姫を見て、照も淡路も面食らってしまった。恋姫は二人から眼を逸らし、

「……黒澤とそこの馬鹿が私を放置しやがったんで、暇なのよ」

「も、申し訳ありません!! そうだ、先生、お飲み物のお代わりを」

「いらない。そんなことより、現時点ではお前が私の担当なんだから、しっかり探しなさい! それと、私はクズじゃないからね!!」

言い捨てて、恋姫は華麗なターンを決めた。ジャケットプレイがないのが残念な程だった。

「はい、もちろんです!!」

しゃちほこばって応じた淡路は、気合いを入れ直した様子で自らも踵を返す。

「それじゃ、私、原画展をやったイベント会場に連絡を取ってみます。テルテル先生と編集長は、棚を探していてください」

「は、はい、分かりました」

恋姫先生は、何しに来たんだ? 疑問を覚える照であったが、小さな疑問を追いかけている暇はない。引き続き灰島に原稿紛失のパターンを確認しつつ、棚を順繰りに攻略していくしかない。

「申し訳ありません、黒澤さん。総務と販売部、あと思い付いたので以前やった原画展のイベント会場事務所にも連絡を取ってみたんですが、何も見つかりませんでした……」

「……そうですか」

うなだれた淡路に報告された黒澤も、落胆を織り交ぜたため息を零す。黒澤もまた、電話をかけた連絡先は全滅だった。机の中の物も、現在の持ち主である淡路に確認してから全部取り出して探したが見つからない。

「ですが、原画展か。それで一つ思い出しました。一年ほど前に、恋姫先生の作品オンリーではなくて、ブラックスワン連載作の原画展がありませんでしたか」

淡路がはっとした顔になった。

「あっ……、ああ、そうでした、私の入社前なので忘れていましたけど、ありました！　行きました！　そうですね、確かあの時も、今探している原稿が出ていましたね……!!」

「複数の作品が行き交ったことで、取り違えなどが起こっている可能性がありますね。

席をお返ししますので、ここから連絡してみてもらえますか。俺もいったん、自分の机に戻って他に可能性がないか考えてみます」

「分かりました！」

　席を立った黒澤と入れ替わり、淡路が自席に腰掛ける。黒澤は疲れた頭を軽く振って、一度編集部の外へ出ようとした。好みのブラックコーヒーで集中力を取り戻す必要性を感じたからだ。

「忙しそうね、黒澤」

　廊下に出る寸前、恋姫に声をかけられた。肩を竦めた黒澤はそのまま自販機の前に移動し、横に立った彼女を観察する。

「どうしたんですか。あなたは暇そうですね、恋姫先生。命を削って描いた原稿が戻ってこないかもしれないのに、ずいぶんと余裕がおありだ」

　一瞬しまった、という顔をした恋姫だが、すぐに言い返してきた。

「……作家は常に前を向いている生き物なの。次回の原稿が常に最高、そういう気持ちで生きているのよ。だから、いくら神回と言われようが、終わった原稿についてはこういうものよ」

「でしたら、このへんで諦めてもらえないですかねぇ……」

ガタン、と音を立てて落ちてきた缶コーヒーを拾い上げた黒澤は、プルタブを引きながら話題を変えた。

「ところで、そう暇そうにされるということは、俺が差し入れした本は全部読んでしまったんです？　テルテル先生の作品はどうでした？」

「……読んだわよ。それだけ」

刹那の間と、かすかに揺れた瞳を見ずとも、黒澤は彼女の心中を読み取った。

「なるほど。気に食わない話なら手に取りもしないあなたが、読み通すことはできた訳ですか。続き、お貸ししましょうか？」

「うるさいわね！　お前の言うとおり、文章は読みやすかったからよ！　うまいとは言えないけどね!!」

ガッツンガッツン穴が空きそうな勢いで床を蹴った恋姫は、小憎らしそうに黒澤を睨む。

「全くお前は、この私に向かってズケズケと……！　まさかと思うけど、お前、金の卵を産む鶏《にわとり》であるこの私を、尊敬していない訳じゃあないでしょうね……？」

「そんなことはないですよ。テルテル先生ほど分かりやすくはないでしょうが、俺は恋姫先生のことを本当に尊敬しています。あなたは大口を叩くだけの実力とプライドを備えた、希有なクリエイター。文字どおり爪の先にまで、プロ魂にあふれていらっしゃる」

「爪?」

怪訝《けげん》な顔をする恋姫の爪先は、お召し物と同じく鮮血のような赤に彩られている。

「髪も服もメイクも、それだけモリモリに盛っているあなたが爪だけ単色のマニキュアに留めているのは、作画の邪魔になるからでしょう? まあ、爪までモリモリにデコるのは、近年の流行ではありますが……」

「……つくづく失礼ね!」

なおもガッツンガッツン床を蹴りまくる恋姫であるが、勢いはやや落ち着いていた。

「……フン。まあ、尊敬する私のために、せいぜい気張りなさいっ! 私の担当になりたいなら別だけどね!!」

「失礼ながら、原稿を見付けられなかった俺があなたの担当になっても、役に立てるとは」

「うるさいうるさいッ!!」

髪を振り乱し、声を張り上げると、恋姫は編集部の中へ戻っていった。

「……何のために声をかけてきたんだ、あの人は」

飲み物でも買うつもりだったのかと思いきや、何もせずに去ってしまった。言い合いで気まずくなったため、買うのを忘れたのかもしれないが。

念のために適当な飲み物を数本買った黒澤は、ぶすくれた顔で応接室に戻っていた恋姫にそれを差し入れてから自分の机に戻った。コーヒーで活を入れ、残る可能性に思いを馳《は》せながら探し続けること数十分。

「……ヤバいな、これは」

その端整な横顔は、焦《あせ》りに侵食され始めていた。

「も、もうだめだ。残り十五分しかない……！」

壁の時計を見上げ、照は絶望の悲鳴を上げた。

棚の隙間から見える淡路と黒澤の表情にも焦りの色が濃い。原画展会場への確認は空振りに終わったのだろう。照たちのほうも他に専門学校などに原稿を貸していないか、台詞などの文字入れを依頼している写植会社に渡していないかなどの意見に従って確認したが、いずれも「うちにはないですね」との返答だった。

そもそも印刷所から返却された原稿は、原則この棚以外の場所へ動かさないのだという。ではやはり、この棚のどこかにあるが、灰島が探し出せなかったと考えるしかないではないか。

小さな希望を胸に、たとえ捜索作業中に見付けた他の作家先生の生原稿がどれだけすばらしくても読みふけりたいのを堪《こら》え、がんばってきたというのに。探しても探しても、恋姫の原稿自体が一枚も見つからないのだ。

……不心得な誰かがオークションとかで売ったのでは？　という言葉が喉まで出かかったが、さすがにそれはあるまい。念のため、あくまで念のために検索してみたが出て来なかった。数年前の原稿であればすでに売買されたあと、という可能性はなきにしもあらずだが、それを証明できなければ勝利条件は満たされない。

黒澤は恋姫のところに行ってしまう。

「やだー！　黒澤さん、行っちゃやだー!!　俺の担当は黒澤さんだけだ、恋姫先生にだって譲りたくないよぉー!!」

一通りどころか、二通りぐらいは棚の中を探したのだが、手がかりすら出て来ない。追い詰められた照は、身も世もなく嘆いた。

「そりゃ黒澤さんが恋姫先生の担当になれば、レアなお宝を拝める機会も増えるかもしれない！　サインだってもらえるかもしれないけど、それでもやだー!!　淡路さんはちょっと好みだけど、あの人はきっと俺に甘いからだめぇー！　ますます本が出なくなるぅー!!」

「わぁ、意外に自分のことを冷静に把握してるんだねえ、テルテル先生」

横で灰島が感心している。気持ち腕まくりをして、探し物をがんばってる感を出しているのが憎たらしい。

「――あのさ、テルテル先生」

と、表情までキリッとさせてきた。何かと思って疲れた顔を向ければ、灰島は穏やかに微笑んで、

「黒澤くんが君を見放すはずがないよ。君の才能に惚《ほ》れ込んで、絶対育ててみせるって拾い上げたのは、僕じゃなくて彼なんだから」

「……え……？」

照が小さな声を上げた三秒後、黒澤が怒鳴り込んできた。

「編集長、余計なことを言わないでください！」

「え、あ、あれ？　黒澤さん!?」

さっきまで自席でうなっていたはずなのだが、意外と近くにいたようだ。灰島は「ははは、今のテルテル先生の嘆きは、ずいぶんと大声だったからねえ」と苦笑した。

どうやら照の悲しみの叫びを聞き留めて近寄ってきていたらしい。

「余計なことを言わないでください、と言ったでしょうが……！」

行動を読まれたことで、黒澤のお怒りゲージがさらに進んだ。照は怯《おび》えて一歩後ずさったが、灰島のノホホン受け流しガードはいまだ有効である。

「でもさ、テルテル先生の締め切りマジでヤバいじゃん。一回発売延期してるんだから、これ以上印刷所を怒らせるの僕やだよ？」

「だからって……‼」

なおも噛みつこうとした黒澤であるが、照のなんとも言えない視線に気付くと無言で一つ深呼吸をし、眼鏡を押し上げた。ドエス眼鏡ツンデレスーツの面目躍如《めんもくやくじょ》といったポーズだ。

「テルテル先生、あなたは余計なことを聞かなかった。いいですね？」

「や、あ、その、ごめん。ばっちり聞こえてたし……ていうか」

格好を付けてくれたところ悪いのだが、照ほどの大声でなくても十二分に聞こえる距離だ。そもそも、仮に先の灰島の言葉を聞かなかったことにしても意味がない。

「俺、分かってたから。俺を拾い上げてくれたの、黒澤さんなんだろうなーって」

「はぁ⁉」

キャラに合わない間抜けな声を張り上げた黒澤に、おずおずと伝える。

「だ、だって黒澤さんって、自分で認めた人じゃないと、こんなに面倒みてくれないだろうなって思って……！　だから淡路さんに口止めまでして、原稿探しもしてくれてたんだろ……？」

「テルテル先生は本当に、推理しないけど犯人当てはうまいねえ」

言葉を失っている黒澤に代わり、灰島がしたり顔でうなずいた。

「第一、俺をそんなに買ってくれてるにしちゃあ、編集長は俺の作風すら覚えてないですしね……」

遠い眼をする照に、灰島は「心外だなぁ」と笑う。

「うちから出す本は全部読んでるし、一定のレベルに達してると思ったから刊行許可を出してるんだよ？　正直編集者にも好みがあるから、全ての本を百パーセント覚えてる訳じゃないってだけ。さて、そういう訳で、種明かしといこうか。あのね、テルテル先生が正解。悪いのは恋姫先生です」

「へっ？」

今度は照も間抜けな声を上げる。二人の注目を浴びながら、灰島は悪びれない様子で説明を始めた。

「実はね、恋姫先生が原稿の返却の件で怒鳴り込んでくるのは毎度のことなんだけど、とっくに返却はしてるの。だから先生の原稿、全然なかったでしょ？」

「……な、なるほど⁉」

流れで相槌を打ってしまった照であるが、理屈は分かったものの、理由は不明だ。

灰島は引っ張ることなく続けて教えてくれた。

「あの人、締め切りに追われ続けてテンパると、よくこういう行動に出るんだよね。そのうち思い出して、ばつが悪くなれば勝手に帰るよ。恋姫先生がドル箱だから、みんな文句を言わないだけ」

あっけらかんと結ばれたところで、納得などできるはずがない。特に黒澤の眼光はヤバい。追加説明を求められている気配を察してか、灰島は再び口を開いた。

「あ、それが分かっているなら、なんで探してたんだって顔をしてるね？　毎回このオチではあるんだけど、万が一ってことがあるじゃん。頭から疑ってかかる訳にもいかないし、形だけでも捜索しないと、恋姫先生が納得してくれないからさぁ」

「それも聞きたいことではありますが、それ以前の問題として！　なんでそんなことを、俺に言ってくれなかったんですか⁉　先に言っておいてくれれば、ギリギリまでテルテル先生を焦らせてから、もったいぶって真相を明かして恩を売ることもできたのに……!!」

「黒澤さーん⁉」

悲鳴を上げる照をよそに、灰島はケロッとした顔で笑う。

「だって君は、真ん中文庫の編集者であって、ブラックスワンの編集者じゃないし。作家のやらかしを吹聴《ふいちょう》して回る訳にはいかないでしょ？　編集者《ぼくら》はいつだって、作家の味方じゃないと。今回はいつにも増して恋姫先生が騒いだんで、みんなに分かっちゃっただろうけどね!!」

いい表情《かお》で言うな……と渇いた心で思う照の側に、いつの間にか淡路が立っていた。黒澤を追いかけてきたのだろう。

「わ、私には、言ってくださってもよかったのでは……？」

「はは、そうだね、淡路さんには伝えるべきだったかな。でも君、テルテル先生と一緒で隠し事とかできない系でしょ？　恋姫先生は他人のアドバイスを聞き入れるタイプじゃないから、自分で気が付いてもらわないとだめなんだよね」

応接室で待っている恋姫は、今頃派手なくしゃみをしているに違いない。

「これを乗り越えられないと、あの人の担当を続けるのは無理だよ。言っておくけど、これぐらいの面倒は序の口だからね」

「それは……担当になる前に、その、沢山《たくさん》の武勇伝をお聞きしていましたから……」

ある程度覚悟はあると淡路は言いたげだが、あまり顔色はよくない。いくら事前説明があったとはいえ、想像と実体験には大きな差がある。そもそもこの原稿紛失（妄想）事件について、彼女は知らされていなかったのだ。

「無理なら無理と早く言いなさい。大体みんな保《も》たないんだ。淡路くんがだめなら、当面は僕が代理を務めるよ」

「いえ、それは困ります。せめてテルテル先生の新作を承認してもらってからでないと」

「黒澤さーん⁉」

この展開で空気を読まない黒澤の心臓には毛が生えているに違いない。そして淡路も、黒澤程ではないにせよ、和毛《にこげ》ぐらいは生えているようだった。

「――大丈夫です」

細い指先を固く握り締め、淡路はうなずいた。

「恋姫先生の漫画は最高ですから……！　原画展のあと、あの人の本を初めて読んだ時、気迫で脳を揺さぶられて三日間寝込みましたけど……四日目以降は恋姫先生の本を読まないと、生きていけない体にされてしまいました……‼」

おどおどと伏し目がちだった彼女の瞳は憧憬《しょうけい》を満々と湛えて輝いている。恋姫の作品に数多く出てくる、生きる喜びに満ちすぎたキャラクターたちのように。

「ただ待てばいいなら、耐えます……!!　任せてください、子どもの頃に雪の中に放り出されて、半日耐えた経験を生かしてみせます……!!」

「編集部なら、少なくとも寒くはないからね」

暑さにも寒さにも弱そうな灰島はそう言って笑い、振り返った。

「だってさ、恋姫先生」

淡路と照も眼を見開いて振り向けば、往年のトレンディドラマよろしく、格好よく棚にもたれて立っている恋姫の姿が見えた。黒澤は先に気付いていたので、黙って肩を竦めるのみだ。

「……私の作品を愛してるってとこだけは、及第点よ」

ふて腐れたようにセミロングをかき上げた恋姫は、ヒールで床を蹴り付けてターンを決めた。

「帰って酒でも飲むわ。締め切り明けに昼間から飲む酒は格別！　それじゃ淡路、またね」

「は……、はい、はい、恋姫先生、はい……!!」

クールな背中にペコペコ頭を下げる淡路の目元は濡《ぬ》れた輝きを放っている。

「それと、黒澤！　テルテルの本の続きを献本するように‼」

「お任せください。サインもさせます」

してやったり、という顔をして黒澤が頭を下げた。

「やったー、いつもより一時間も早い！」

恋姫が完全に編集部を出たのを見計らい、灰島は万歳三唱せんばかりだ。

「……ちょこちょこ俺たちの前に顔を出してきた時点で、もうご自分の過ちに気付かれていたんでしょうね。早く言ってくれればいいのに、人騒がせな……」

やっと理由が分かったと、黒澤は一転して悔しげである。照のヒラメキを耳に入れていれば、自販機の前でやり取りをした際に踏み込めたのかもしれないが、今回は気負いすぎていたせいもあって違和感を見逃してしまったのだ。

悔恨《かいこん》を噛み締める黒澤に対し、聖なる愚者を演じきった灰島はしたり顔だ。

「見込み通り、恋姫先生と淡路さんの相性もいいみたいだねぇ。恋姫先生はノせれば描くタイプだから、細かく文句を付ける担当は合わないしね」

「……俺も正直、俺とは合わないタイプの作家だと思ってたんですよ。だからこそ、一回本当に担当になれば、すぐお役御免になったと思いますけどね」

さり気なくディスられた黒澤が言い返せば、照が真顔になる。

「えっ、やだよ、そうなるとも限らないし！」

「そうだよ。それに配置転換って、いろいろと面倒なんだから。やらずに済んで、よかったよかった」

探し物が不得手な灰島は事務作業も苦手らしい。この人はどうやって編集長になったんだ？　と突っ込みたくなった照であるが、それはおそらく、今回の件を丸く収めたあたりに起因するのだろう。

「お互いにお互いがいないとだめって分かって、よかったじゃないか。やっぱり黒澤くんには、テルテル先生が合ってるんだね」

「……逆ですよ、逆。俺には他に担当している作家さんもいるんですから」

灰島の人間力にヤられたのか、黒澤の反論も弱い。今を好機と見た照は、恐る恐る話しかけた。

「あの……黒澤さん。本当に、いつも迷惑のかけどおしで、ごめんなさい。今回の件で改めて、俺には黒澤さんしかいないって分かりました。どうか、あの、今後とも、よろしくお願いします……」

改めて振り返ってみれば、そりゃ黒澤もキレるだろうというワガママ身勝手のオンパレードだった。心の底から反省して（いつもしているのだが）謝ると、黒澤はなぜ

か苦笑いして、

「……俺も謝ります。結局俺だけでは、真実に辿り着けなかった。しょせん俺は、天啓が降りてくる人間じゃないんです。反省してます」

彼らしくもなく、やけに力のない様が気になった照であったが、それを追及している場合ではないのだった。

「さーて、それじゃあテルテル先生は、引き続き自分の原稿を直さないとね！」

「……あっ」

朗《ほが》らかな灰島に呼びかけられ、一拍置いてザーッと全身の血が引いた。そうだった。元々は、そのためのカンヅメだったのだ。

「ど、どうしよぉ。無理。無理無理無理。絶対無理！　だって、ほら、締め切りまであと五時間しかない！　俺を挽肉にしてカンヅメに詰めるのさえ間に合わない……!!」

「いや、大丈夫だよ。明日の昼までに入れれば」

「編集長!!」

あっさりと灰島が出した助け船に、黒澤の咆吼が重なった。展開について行けず、あ然として照が見つめれば、黒澤は諦めたように息を吐く。

「……あなたみたいな綱渡り作家に、本気のデッドなんて教える訳がないでしょうが」

そして照が何か言う前に、まだその場に残っていた淡路のほうを向いた。

「丁度いい、淡路さん。恋姫先生はまた、とおっしゃったということは、今から暇でしょう？　今回は見送りになりましたが、編集者の配置転換はままあることです。せっかくですから、小説編集の現場を手伝っていってもらいます」

「別に文句言うつもりないけどな⁉　おかげで間に合いそうだし‼」

一ヶ月出版をズラすと宣言された際も、締め切り自体は三週間後に設定されたことが脳裏《のうり》を過《よ》ぎる。一歩遅れて、照のやり場のない気持ちが編集部の天井に木霊《こだま》した。


結論から言えば、最終締め切りには間に合った。根性で間に合わせた。仮眠を繰り返し、黒澤が追加で買ってきてくれた菓子で脳へ糖分を回しながら眼を血走らせ、納得のいく水準までこぎ着けてデッド三十分前に入稿完了となった。

「漢字の開きぐらい、妥協するかと思いましたが、最後まで見事にワガママを通しやがりましたね……」

一晩中照と二人で小会議室にこもって作業をしていた黒澤の顔は、さすがに疲労の色が濃い。なお淡路は昨日の夜遅くまで手伝ってくれていたが、照たちと違ってちゃちょっと家に帰った。彼女には本日、恋姫のご機嫌取りという別の難題があるからだ。

「うん、本当にごめん……でも、待ってくれている俺の読者さんたちのためには、愛と勇気と正義を語る者として、絶対妥協はできないからさ……」

集中しすぎてダルい頭を振り振り、照は応じた。なぜか喉も嗄《か》れている。

夜中、展開について黒澤と討論した気がするからそのせいだろうか？　あまり細かい記憶がない。張り詰めたり弛緩《しかん》したり忙しい一日だったせいか、創作のアンテナの感度が異様に高く、テンションは常に高いまま作業を進められたとは思うのだが……

「あ、あのさ、ところで今回の話、どうだった？　最後の最後で、ちょいちょい変えちゃったところもあるけど、大丈夫かな……？」

面白ければ面白い、つまらなければつまらない。黒澤の評価は常にストレートでシンプルだ。ただ今回は、記憶が薄いせいかもしれないが、彼の最終評価をまだ聞いていないように思う。

ドキドキしながら見つめると、黒澤は眉をひそめて両手を開いてみせた。キュッと首が絞まるような錯覚を覚えた照を一瞥し、意地悪く笑う。

「――困ったことに、締め切り以外は過去最高傑作ですよ。その分、あらすじと帯は難産でしたけどね」

たちまちパアア、と表情を明るくする照を見て、黒澤は念を押した。

「ですが次は、締め切りも最高にしてもらいますからね」

「う、うん、うん！　任せて、今日帰ってから早速プロットを練るよ！　今最高にキてるんだ、創作のアンテナがビンビン……!!」

「いえ、今日は寝る以外のことをしなくていいです」

即座に断じた黒澤は、無言で昨夜から五本目のブラックコーヒーをあおる。胃が大丈夫か心配になったが、心配したが最後、どうせ嫌味を寄越されるのだ。これ以上彼の胃を疲弊させないよう、おとなしく言うことを聞くほうがいいだろう。

「机の上は俺が片付けますので、あなたは自分の荷物だけまとめてお帰りいただいて結構です。いいですか、自分のもの以外はもう触らないでください。散らかりますから。余計に、散らかりますから。分かりましたね？」

「……はい……」

気を遣ってくれているのは分かってるんだけど、言い方……と思いながら、照は持ち込みのパソコンその他を鞄《かばん》に詰め始める。黒澤はそこで一度小会議室を出て、ほぼ徹夜で付き合ってくれた灰島に改めて礼を述べた。

「……申し訳ありません、結局こんな時間になってしまって」

「しょうがないよ、本気のデッドを教えちゃったのは僕だからね。それに僕が最終確認しないと、入稿できないし」

いつものノホホン節で肩を竦める灰島であるが、年齢が年齢であるのでさすがにつらそうだ。重ねて謝ろうとした黒澤を、灰島は微笑みと共に押し留めた。

「いいよ、黒澤くんがあれだけ買ってる先生の作品のためだ。恋姫先生も当面はおとなしくしてくれるだろうし。真ん中文庫にとってもブラックスワンにとっても、いい結果になったからね」

あとはテルテル先生の新作が売れるといいなー、とのんびり笑う灰島に、黒澤はかえって恐縮した様子だ。

「……岡田さんの件といい、俺が至らないばかりにご迷惑をおかけしております」

岡田の名前を聞いて、灰島は何やら意味ありげな表情を浮かべた。小会議室の中でゴソゴソやっている照には聞こえないように声をひそめ、

「それにしても、岡田さんを見ると昔の君を思い出しちゃうねえ」

「……傲慢《ごうまん》な若造の、若気の至りってやつですよ」

青臭い文学論を振り回す忌々《いまいま》しい女子高生。それよりもっと忌々しい過去の残滓《ざんし》を睨みつける黒澤の目は鋭い。

「僕なんかから見れば、君は今でも十分若いと思うけどなぁ……」

小さくつぶやく灰島に背を向けて、黒澤は徹夜明けの瞳に突き刺さる太陽を見上げていた。そこへ、荷物をまとめ終えた照がやって来た。

「黒澤さん、灰島編集長、お疲れ様でした！　どうもありがとうございました!!」

疲労は激しいものの、その顔は達成感で輝いている。

「今回は、いや今回も迷惑かけちゃってごめんなさい！　でも、今度の本、すごく手応えある!!　黒澤さんが考えてくれた帯もあらすじもサイッコーだから！　絶対売ろうな!!　それじゃ、また！」

一瞬、太陽よりまぶしい存在を見るように瞳を細めた黒澤の表情が、照の手元を見た途端《とたん》に冷めた。

「……ええ、そうですね、お帰りください。俺の鞄を置いて」

「え、あ、あれ？　なんで？　どうして？」

「女子高生の私物だけじゃ物足りなかったんです？」

「ちがわい！」

締め切りを守れない上に、最後まで締まらない作家探偵と編集者を眺めて、編集長は「やっぱり君たちはこうでなきゃね！」と優雅に肩を竦めていた。

メゾン文庫

作家探偵《さっかたんてい》は〆切《しめきり》を守《まも》らない

ヒラめいちゃうからしょうがない！

2018年7月20日　初刷発行

著　　者　小野上明夜《おのがみめいや》

発 行 者　原田 修

発 行 所　株式会社一迅社
〒160-0022 東京都新宿区新宿2-5-10 成信ビル8F
電話　[編集] 03-5312-7432
　　　[販売] 03-5312-6150

発売元：株式会社講談社（講談社・一迅社）

印刷・製本　大日本印刷株式会社

D T P　株式会社三協美術

装　　丁　AFTERGLOW

◎落丁・乱丁本は株式会社一迅社販売部までお送りください。送料小社負担にてお取替えいたします。
◎定価はカバーに表示してあります。
◎本書のコピー、スキャン、デジタル化などの無断複製は、著作権法の例外を除き禁じられています。
◎本書を代行業者などの第三者に依頼してスキャンやデジタル化をすることは、個人や家庭内の利用に限るものであっても著作権法上認められておりません。

ISBN978-4-7580-9067-4　C0193
©Meiya Onogami／一迅社2018　Printed in JAPAN

本書は書き下ろしです。
この作品はフィクションです。実際の人物・団体・事件などには関係ありません。